가만히
좋아하는

가만히
좋아하는

김 사 인 시 집

창비

제1부

풍경의 깊이

바람 불고
키 낮은 풀들 파르르 떠는데
눈여겨보는 이 아무도 없다.

그 가녀린 것들의 생의 한순간,
의 외로운 떨림들로 해서
우주의 저녁 한때가 비로소 저물어간다.
그 떨림의 이쪽에서 저쪽 사이, 그 순간의 처음과 끝 사
이에는 무한히 늙은 옛날의 고요가, 아니면 아직 오지 않
은 어느 시간에 속할 어린 고요가
보일 듯 말 듯 옅게 묻어 있는 것이며,
그 나른한 고요의 봄볕 속에서 나는
백년이나 이백년쯤
아니라면 석달 열흘쯤이라도 곤히 잠들고 싶은 것이다.
그러면 석달이며 열흘이며 하는 이름만큼의 내 무한
곁으로 나비나 벌이나 별로 고울 것 없는 버러지들이 무
심히 스쳐가기도 할 것인데,

그 적에 나는 꿈결엔 듯

그 작은 목숨들의 더듬이나 날개나 앳된 다리에 실려
온 낯익은 냄새가

어느 생에선가 한설 싶어신 그대의 눈빛인 설 알아보
게 되리라 생각한다.

노숙

헌 신문지 같은 옷가지들 벗기고
눅눅한 요 위에 너를 날것으로 뉘고 내려다본다
생기 잃고 옹이진 손과 발이며
가는 팔다리 갈비뼈 자리들이 지쳐 보이는구나
미안하다
너를 부려 먹이를 얻고
여자를 안아 집을 이루었으나
남은 것은 진땀과 악몽의 길뿐이다
또다시 낯선 땅 후미진 구석에
순한 너를 뉘였으니
어찌하랴
좋던 날도 아주 없지는 않았다만
네 노고의 헐한 삯마저 치를 길 아득하다
차라리 이대로 너를 재워둔 채
가만히 떠날까도 싶어 묻는다
어떤가 몸이여

코스모스

누구도 핍박해본 적 없는 자의
빈 호주머니여

언제나 우리는 고향에 돌아가
그간의 일들을
울며 아버님께 여쭐 것인가

봄밤

　나 죽으먼 부조돈 오마넌은 내야 돼 형, 요새 삼마넌짜
리도 많던데 그래두 나한테는 형은 오마넌은 내야돼 알
었지 하고 노가다 이아무개(47세)가 수화기 너머에서 홍
시냄새로 출렁거리는 봄밤이다.

　어이, 이거 풀빵이여 풀빵 따끈할 때 먹어야 되는디, 시
인 박아무개(47세)가 화통 삶는 소리를 지르며 점잖은 식
장 복판까지 쳐들어와 비닐봉다리를 쥐여주고는 우리 뽀
뽀나 하자고, 뽀뽀를 한번 하자고 꺼멓게 술에 탄 얼굴을
들이대는 봄밤이다.

　좌간 우리는 시작과 끝을 분명히 해야 혀 자슥들아 하
며 용봉탕집 장사장(51세)이 일단 애국가부터 불러제끼
자, 하이고 우리집서 이렇게 훌륭한 노래 들어보기는 츰
이네유 해쌓며 푼수 주모(50세)가 빈 자리 남은 술까지 들
고 와 연신 부어대는 봄밤이다.

십이마넌인데 십마넌만 내세유, 해서 그래두 되까유
하며 지갑들 뒤지다 결국 오마넌은 외상을 달아놓고, 그
래도 딱 한 잔만 더, 하고 검지를 세워 흔들며 포장마차
로 소매를 서로 끄는 봄밤이다.

죽음마저 발갛게 열꽃이 피어
강아무개 김아무개 오아무개는 먼저 떠났고
차라리 저 남쪽 갯가 어디로 흘러가
칠칠치 못한 목련같이 나도 시부적시부적 떨어나졌으
면 싶은

이래저래 한 오마넌은
더 있어야 쓰셨는 밤이다.

다리를 외롭게 하는 사람[*]

하느님
가령 이런 시는
다시 한번 공들여 옮겨적는 것만으로
새로 시 한 벌 지은 셈 쳐주실 수 없을까요

　　다리를 건너는 한 사람이 보이네
　　가다가 서서 잠시 먼 산을 보고
　　가다가 쉬며 또 그러네

　　얼마 후 또 한 사람이 다리를 건너네
　　빠른 걸음으로 지나서 어느새 자취도 없고
　　그가 지나고 난 다리만 혼자서 허전하게 남아 있네

　　다리를 빨리 지나가는 사람은 다리를 외롭게 하는 사람이네

라는 시인데
(좋은 시는 얼마든지 있다구요?)

안되겠다면 도리없지요
그렇지만 하느님
너무 빨리 읽고 지나쳐
시를 외롭게는 말아주세요, 모쪼록

　내 너무 별을 쳐다보아
　별들은 더럽혀지지 않았을까
　내 너무 하늘을 쳐다보아
　하늘은 더럽혀지지 않았을까

덜덜 떨며 이 세상 버린 영혼입니다

* 이성선(李聖善) 시인(1941~2001 5)의 「다리」 전문과 「별을
　보며」 첫부분을 빌리다.

새끼발가락과 마주치다

스타킹 속에 든 그 새끼발가락을 우연히 보게 된 순간, 나는 술이 번쩍 깼다. 눈 내리깐 채 몸의 제일 후미진 구석에 엎드려 있는 그것은 백만년 인류사를 배경으로 갖는 것이어서, 애잔하다거나 안쓰럽다거나 하는 따위의 감상적 형용으로는 감히 어리댈 수도 없었다. 아프가니스탄의 굶주림으로부터 정신대 끌려갔던 내 재당숙모에 이르는, 유구한 상처의 넋들이 그 숨죽인 다소곳함 속에는 서려 있다고 보였다.

그래서 그토록 꼬부리고 숨어 있는 그것이 혹 죽은 것은 아닌가 한순간 걱정되면서 나도 모르게 손이 뻗어가 그것을 건드리니,

아아, 가만히 움츠리며 살아 있다고 말하는 게 아닌가!

그 기척이 어쩐지 우리들 희망의 절망적인 상징처럼 여겨져서 눈물까지 핑 돌았다.

등을 보이고 앉은 그녀는 그런 내 기분을 아는지 모르는지 발을 조금 당기고 치맛자락을 끌어내려 슬며시 덮고 마는 것이었다.

귀가

자동차 굉음 속
도시고속도로 갓길을
누런 개 한 마리가 끝없이 따라가고 있다

살아 돌아갈 수 있을까

말린 꼬리 밑으로 비치는
그의 붉은 항문

전주(全州)

자전거를 끌고
여름 저녁 천변 길을 슬슬 걷는 것은
다소 상쾌한 일
둑방 끝 화순집 앞에 닿으면
찌부둥한 생각들 다 내려놓고
오모가리탕에 소주 한 홉쯤은 해야 하리
그러나 슬쩍 피해가고 싶다 오늘은
물가에 내려가 버들치나 찾아보다가
취한 척 부러 비틀거리며 돌아간다
썩 좋다
저녁빛에 자글거리는 버드나무 잎새들
풀어헤친 앞자락으로 다가드는 매끄러운 바람
(이런 호사를!)
발바닥은 땅에 차악 붙는다
어깨도 허리도 기분이 좋은지 건들거린다
배도 든든하고 편하다
뒷골목 그늘 너머로 오종종한 나날들이 어찌 없겠는가
그러나

그러나 여기는 전주천변
늦여름, 바람도 물도 맑았고
길은 자전거를 끌고 가는 버드나무 길
이런 저녁
북극성에 사는 친구 하나쯤
배가 딴딴한 당나귀를 눌러타고 놀러 오지 않을라
그러면 나는 국일집 지나 황금슈퍼 앞쯤에서 그이를
마중하는 거지
그는 나귀를 타고 나는 바퀴가 자글자글 소리내며 구
르는 자전거를 끌고
껄껄껄껄껄껄 웃으며 교동 언덕 대청 넓은 내 집으로
함께 오르는 거지
바람 좋은 저녁

비

가는 비여 가는 비여

가는 저 사내 뒤에 비여

미루나무 무심한 둥치에도

가는 비여

스물도 전에 너는 이미 늙었고

바다는 아직 먼 곳에 있다

여윈 등 지고 가는 비

가는 겨울비

잡지도 못한다 시들어 가는 비

예래 바다에 묻다

눈 감고 내 눈 속 희디흰 바다를 보네
설핏 붉어진 낯이 자랑이었나 그대 알몸은
그리워 이가 갈리더라 하면 믿어는 줄거나
부질없이 부질없이 손톱만 물어뜯었다 하면 믿어는 줄
거니
내 늙음 수숩어
아닌 듯 지나가며 곁눈으로만 그댈 보느니
어쩔거나
그대 철없어 내 입안엔 신 살구내음만 가득하고
몸은 파계한 젊은 중 같아 신열이 오르니
그립다고 그립다고 몸써리치랴
오 빌어먹을, 나는 먼 곳에 마음을 벗어두고 온 사내
그내 눈부신 부구함 앞에
상한 짐승처럼 속울음 삼켜 나 병만 깊어지느니

* 예래는 제주의 중문 서쪽 바닷가 마을이다.

늦가을

그 여자 고달픈 사랑이 아파 나는 우네
불혹을 넘어
손마디는 굵어지고
근심에 지쳐 얼굴도 무너졌네

사랑은
늦가을 스산한 어스름으로
밤나무 밑에 숨어 기다리는 것
술 취한 무리에 섞여 언제나
사내는 비틀비틀 지나가는 것
젖어드는 오한 다잡아 안고
그 걸음 저만치 좇아 주춤주춤
흰고무신 옮겨보는 것

적막천지
한밤중에 깨어 앉아
그 여자 머리를 감네

올 사람도 갈 사람도 없는 흐린 불 아래
제 손만 가만가만 만져보네

사격훈련장 부근

산꿩 운다 멧비둘기 운다
솔꽃을 가득 이고 소나무는 무료하다
숲은 아직 연초록 순진해 보인다
열두살 이라크 소녀 같다 폐허 속의
진한 눈썹과 큰 눈에도 초록은 있는 것이다
그것은 유구한 피곤일까 아니면 죽음 같은 절망일까
산꿩이 또 운다 궁상이다
혐오도 연민도 없이 다만 유구무언으로
부시와 럼스펠드라는 미국 사내들을 나는 생각하게
된다
그들의 소나무도 연초록일까? 그것은 무슨 뜻으로?
유구무언의, 울음도 채 이루지 못한 울음을 껑 껑 산꿩
은 운다
열두살 소녀와 그의 젊은 아비의 나라에도 꿩은 있을까
공중은 날파리떼의 잔치판이다
운동장에 풀어놓은 초등학교 3학년들 같다
철부지를 우리는 참아주어야 한다

그러나 뻔뻔한 무지에는 희망이 없다
비싸야 팔리는 백화점의 풍습과 29만원이 전재산이라
는 어느 전직 대통령과 텔레비전과 프로스포츠 같은 것
들을 부득불 떠올린다
고요를 깨고 새 흰 마리가 푸드득 솟구친다
아무래노 좋나(아니 좋지는 않다)
누구도 탓할 마음은 없다 이제 와서
우리는 사이좋게 오래 꿈꾸어온 그 무엇과 닮아가고
있는 중(말하자면 돼지나 하이에나 같은)
풀들은 여전히 순진하고 나른한 표정
개미들은 우왕좌왕 부산을 떨지만
그다지 탐욕스러워 보이지는 않는다
버려진 지 오래인 담배꽁초 하나가 그것늘 사이에
한식구인 듯 때 묻어 같이 누워 있다
산꿩이 운다

유필(遺筆)

남겨진 글씨들이 고아처럼 쓸쓸하다

못 박인 중지마디로 또박또박 이름을 적어놓고

어느 우주로 스스로를 흩었단 말인가

겨울밤

우물 깊이 떨어지는 두레박소리

겨울 군하리

쓰다 버린 집들 사이로
잿빛 도로가 나 있다
쓰다 버린 빗자루같이
나무들은 노변에 꽂혀 있나
쓰다 버린 담벼락 밑에는
순창고추장 벌건 통과 김징 비닐과 스비로폼 쪼가리가
흙에 반쯤 덮여 있다
담벼락 끝에서 쓰다 버린 쪽문을 밀고
개털잠바 노인이 웅크리고 나타난다
느린 걸음으로 어디론가 간다
쓰다 버린 개가 한 마리 우줄우줄 따라간다
이발소 자리 옆 정육점 문이 잠시 열리고
누군가 물을 휙 길에 뿌리고 나시 닫는다

먼지 보얀 슈퍼 천막 문이 들썩 하더니
훈련복 차림이 앳된 군인 하나가
발갛게 웃으며
신라면 다섯개들이를 안고 네거리를 가로지른다

탈상

영정을 고여놓고
떡 고기 전 괴고
조율시이 홍동백서 진설하고
메 올리고 삽시(挿匙)하고 나서
땅 땅 땅 세 번 정저소리 울리고
유세차 축도 읽고

일곱살짜리 상주
꾸벅 절하고 잔 올리고
미망의 여윈 아내 울먹
절하고 잔 올리고 큰동생 절하고
친구들 하나둘 절하고
막내여동생도 잔 올리고
밖은 어느덧 어둡고
안개비 깔리고

그대 육신 이제 흙 속에서

많이 상했으리
잘 가라 그대
이승의 마지막 밥이니
배불리 들고
술 취해 흔들흔들
잘 가라 그대

아무도 모른다

나의 옛 흙들은 어디로 갔을까

땡볕 아래서도 촉촉하던 그 마당과 길들은 어디로 갔을까

나의 옛 개울은, 따갑게 익던 자갈들은 어디로 갔을까

나의 옛 앞산은, 밤이면 굴러다니던 도깨비불들은 다 어디로 갔을까

런닝구와 파자마 바람으로도 의젓하던 옛 동네어른들은 어디로 갔을까 누님들, 수국 같던 웃음 많던 나의 옛 누님들은 다 어디로 갔을까

나의 옛 배고픔들은 어디로 갔을까 설익은 가지의 그 비린내는 어디로 갔을까 시름 많던 나의 옛 젊은 어머니는

나의 옛 형님들은, 그 딴딴한 장딴지들은 다 어디로 사라졌을까

나의 옛 비석치기와 구슬치기는, 등줄기를 내려치던 빗자루는, 나의 옛 아버지의 힘센 팔뚝은, 고소해하던 옆집 가시내는 어디로 갔을까

나의 옛 무덤들은, 흰머리 할미꽃과 사금파리 살림들

은 어디로 갔을까

　나의 옛 봄날 저녁은 어디로 갔을까 키 큰 미루나무 아
래 강아지풀들은, 낮은 굴뚝과 노곤하던 저녁연기는

　나의 옛 캄캄한 골방은 어디로 갔을까 캄캄한 할아버
지는, 캄캄한 기찻소리와 캄캄한 고리짝은, 다 어디로 흩
어졌을까

　나의 옛 나는 어디로 갔을까, 고무신 밖으로 발등이 새
카맣던 어린 나는 어느 거리를 떠돌다 흩어졌을까

영월에서

무엇을 기다리나 산들은
해마다 목을 빼고 나무들은
우두커니 물들은 모래들은
밤마다 어디로 가서 무너지나 한번씩
어둠 속 가로질러
온통 가슴이 주저앉나 무엇을 기다려
우수수 벌판을 헤매다
아침이면 돌아오나 바람으로 우수수

기다림이 아니고야
이렇게 있을 리가
기다림이 아니고야
살이 마르고 가죽 쪼그라들 리가
기다림이 아니고야
어떻게 죽을 수나 있을까

한데 무엇을?

이렇게 있다는 것이
기다림인 줄을 까맣게 잊고
모든 길 끊어진 영월에서
나는 대체 누구의 잠을 대신 자는기
누구의 밥을 대신 먹는기
누구의 걸음을 대신 걷는가

친구들
까페 '마굿간' 시절

신용카드 한 장 변변찮은 헌털뱅이들이다
헌털뱅이 파카나 걸치고
이번엔 누구를 약올려줄까
눈에 개구가 반짝반짝 올라서들 온다
개구진 헌털뱅이들은 화투도 반은 입으로 친다
판에 오천원 내기 바둑이 하도나 꼬수워
낄낄낄 어쩔 줄을 모른다
구경하는 치들도 낄낄낄낄
좋아서 어쩔 줄을 모른다
쇠죽 쑤는 아랫목인 듯
그 낄낄낄 위로 뒹굴며 모두 같이 등을 지진다
푹 삶은 누룽지처럼 서로를 한 대접씩 마시고
속을 데우는 것이다

오늘도 수세미수염에 부스스한 머리들을 해가지고 나
타날 것이다
담배냄새를 구수하게 풍기며 이 어둑한 구석으로
옛날 아버지들처럼 모여들 것이다

치욕의 기억

영화배우 전지현을 닮은 처녀가 환하게 온다 발랄무쌍
목발을 짚고 (다만 목발을 짚고) 스커트에 하이힐 스카프
는 옥빛 하늘도 쾌청 그런데 (뭔지 생소하다 그런데)

오른쪽 하이힐이 없다
오른쪽 스타킹이 없다
오른쪽 종아리가 무릎이 허벅지가 없다

나는 스쳐 지나간다
돌아보지 못한다

묻건대
이러고도 生은 과연 싸가지가 있는 것이냐!

조용한 일

이도 저도 마땅치 않은 저녁
철이른 낙엽 하나 슬며시 곁에 내린다

그냥 있어볼 길밖에 없는 내 곁에
저도 말없이 그냥 있는다

고맙다
실은 이런 것이 고마운 일이다

풍경의 깊이 2

이 길, 천지에 기댈 곳 없는 사람 하나 작은 보따리로
울고 간 길
그리하여 슬퍼진 길
상수리와 생강나무 찔레와 할미꽃과 어린 풀들의
이제는 빈, 종일 짐승 하나 지나지 않는
환한 캄캄한 길

열일곱에 떠난 그 사람
흘러와 조치원 시장통 신기료 영감으로 주저앉았나
깁고 닦는 느린 손길
골목 끝 남매집에서 저녁마다 혼자 국밥을 먹는,
돋보기 너머로 한번씩 먼 데를 보는
그의 얼굴
고요하고 캄캄한 길

노숙 2

몸이 있으나 몸을 부려둘 공간이 없다 그들에게는
소비할 공간이 없다 먹고 죽을 공간도 없다 그러니
어떻게 발을 두나 머리를 두나 먹을 입과 담아둘 위장
과 배설할 항문을 어디에 두나 똥은
또 어디에 내려놓나
모든 가능 공간을 몰수당했으므로 그들은
존재일 수 없음
그러므로 그들의 시간도 꽃필 수 없음 나프탈렌처럼
또는 유령처럼 생으로 졸아들다가 증발한다
그러니 그들의 시간도 튀긴 구정물처럼 길가 담벼락
이나
애꿎은 바짓자락 같은 곳에 묻어 오갈 뿐
그 떳떳하던 공간들은 다 어디로 갔나 그들은 정말로
그 싱싱한 공간들을 다 먹어치운 것인가 소문처럼
그 착한 공간들을 어디서 똥 눠 치운 것인가
마이너스 공간에서 반(反)물질을 소비하며 그들은 있다
아닌 공간의 그들을 인 공간에서 보면

없다, 떼먹은 공간을 변제하고 그들은 없어야 한다
그러므로 그들의 현재는 오직 게위냄에 있다 제 안을 밖으로
뒤집는 데 있다
그러므로 그들은 게운다 제 목구멍을 제 내장을 제 항
문을 항문 바깥의 우수마발(牛溲馬勃) 장삼이사를 돗긴갯
긴을 피눈물을 마지막으로 게우는 제 입까지를 게운다
구강에서 항문까지 속통의 안팎이 홀딱 뒤집힌 채
그들은 있다, 있음인 체해본다 한사코
그들은 완성이자 죽음인 블랙홀이다 모든 공간은 몰수
되고

우리는 그늘의 내장 위에 붙어 있다
우리는 그들이 게워낸 공간 안에 다시 게워져 있다
우리는 그들의 항문을 지나 그 다음에 있다

경주 이씨 효열비*

딸 하나 남기고 남편 방수고리(方數古里)가 세상을 떠나자 선영에 장사지내고 삯방아 삯바느질로 젖먹이와 늙은 시모를 봉양하다. 마침 9년 큰 가뭄 들자 생계를 찾아 늙은 시모 업고 먼 영남 땅으로 가다. 1년이 채 안 되어 시모가 세상을 떠나자, 시신 수습해 업고 700리를 걸어 고향 선영에 돌아와 장사지내다. 묘막을 짓고 3년을 애통해하며 시묘하다. 그후 얼마 안되어 자신마저 세상을 뜨니 경주 이씨 나이 47세였다.

라고 적힌 정문(旌門) 곁 잡초는 우거지고
큼큼한 얼굴로 자동차 우릉우릉 지나가는데

하느님은 아직까지 잘 돌봐주고 계실까

쓸쓸하다, 이름들이여
방수고리여
경주 이씨여

그의 시모여

*경기노 평택시 현덕면 신왕리 소재 주선 중기의 효열비.

장마

공작산 수타사로

물미나리나 보러 갈까

패랭이꽃 보러 갈까

구죽죽 비는 오시는 날

수타사 요사채 아랫목으로

젖은 발 말리러 갈까

들창 너머 먼 산이나 종일 보러 갈까

오늘도 어제도 그제도 비 오시는 날

늘어진 물푸레 곁에서 함박꽃이나 한참 보다가

늙은 부처님께 절도 두어 자리 해바치고

심심하면

그래도 심심하면

없는 작은 며느리라도 불러 민화투나 칠까

수타사 공양주한테, 네기럴

누룽지나 한 덩어리 얻어먹으러 갈까

긴 긴 장마

부시, 바쁜

바쁜 너는 무섭다
바쁜 너는 성난 사람처럼 보인다
너는 땅을 꽉꽉 걷어차며 걸어간다
너는 발가락과 뒤꿈치와 종아리의 힘줄과 무릎뼈에게
감사할 겨를이 없다
너는 '급한 일이니 힘들겠지만 같이 좀 애써다오' 하고
다리에게 발에게 신발에게 땅에게 바람에게 부탁할 틈이
없다
오직 너는 바쁘고 바쁜 너는 무섭다

너는 한 대 올려치러 가는 사람처럼 목과 어깨에 힘이
들어가 있다
너는 마침내 한 대 올려친다
코뼈가 휘고 턱이 금 간 사람은 울 것이다 네 손가락들
과 팔도 아플 것이다
그러나 너는 네 주먹에게도 미안해할 틈이 없다 중차
대한 일로 바쁜 까닭에

맞은 유색인 사내의 치욕과 그의 가난한 아내와 못배
운 부형(父兄)들과 땟국 흐르는 그의 자식들의 설움을 생
각할 시간을 갖지 못한다 너는 세계를 좀더 안전하게 지
켜야 하므로
　사실을 말하자면
　네가 바쁜 만큼 세계는 흔들리고, 세계가 불안해 너는
또 바쁠 것이므로
　바쁨의 명분은 영원히 바닥나지 않을 것이다
　너의 바쁨도 영원히 끝나지 않을 것이다

　바쁘기란 얼마나 어려운 일인가 또 얼마나 당당한 일
인가
　바쁘기 위해서는 얼마나 바쁘게 애써야 하는가 얼마나
무섭게 애써야 하는가
　바쁘다는 것은 고독한 일 그러나 너는 다행히 울 줄 모
른다
　바쁜 너는 밤 숲의 쏙독새 울음을 들어서는 안된다

봄 산의 애기똥풀꽃을 보아서는 안된다
늙은 어머니의 가늘게 코고는 소리를 들어서는 안된다
비애와 평화와 휴식은 바쁜 영혼을 좀먹는 병균과 같
으므로
먹어치우기 위해 밥은 있고 쉬어치우기 위해 숨은 있
을 뿐

너는 오늘도 오직 바쁘고
바쁜 네 눈은 사납다
나는 다만 바쁘게 움직이는 다리 사이 호두 두 알이
영문도 모르고 얼마나 시달릴까를 생각하며 다소간 딱
해한다

화진(花津)

태풍 오면
철없는 어린 갈보처럼
마음은 펄럭이리
살 속으로 바람 가득 들고
먼 데 하늘 돛폭같이 부풀 때
늙은 노새외 니
끝내 花津 가리
굼실거리며 덮쳐오는
수만 코끼리떼 기다리리 말향고래떼 기다리리
쏟아지는 몸엣버캐 거친 숨소리
花津, 온몸 열어 새 사내 맞는
花津, 그 유정한 이름 복판에 서서
늙은 나 불덩이처럼 달아오르겠네 한번
초라한 갈기 곤두세우고 부르르 떨겠네
기어이 나도 저 바다 하리

부뚜막에 쪼그려 수제비 뜨는 나어린 처녀의 외간 남자가 되어*

부뚜막에 쪼그려 수제비 뜨는 나어린 그 처자

발그라니 언 손에 얹혀

나 인생 탕진해버리고 말겠네

오갈 데 없는 그 처자

혼자 잉잉 울 뿐 도망도 못 가지

그 처자 볕에 그을려 행색 초라하지만

가슴과 허벅지는 소젖보다 희리

그 몸에 엎으러져 개개 풀린 늦잠을 자고

더부룩한 수염발로 눈곱을 떼며

날만 새면 나 주막 골방 노름판으로 쫓아가겠네

남는 잔이나 기웃거리다

중늙은 주모에게 실없는 농도 붙여보다가

취하면 뒷전에 고꾸라져 또 하루를 보내고

나 갈라네, 아무도 안 듣는 인사 허공에 던지고

허청허청 별빛 지고 돌아오겠네

그렇게 한두 십년 놓아 보내고

맥없이 그 처자 몸에 아이나 서넛 슬어놓겠네

슬어놓고 나 무능하겠네
젊은 그 여자
혼자 잉잉거릴 뿐 갈 곳도 없지
아이들은 오소리 새끼처럼 천하게 자라고
굴속처럼 어두운 토방에 팔 괴고 누워
나 부연 들창 틈서리 푸설기리는 마른 눈이나 내다보
겠네
쓴 담배나 뻑뻑 빨면서 또 한세월 보내겠네
그 여자 허리 굵어지고 울음조차 잦아들고
눈에는 파랗게 불이 올 때쯤
나 덜컥 몹쓸 병 들어 시렁 밑에 자리 보겠네
말리는 술도 숨겨놓고 질기게 마시겠네
몇해고 애를 먹어 여자 머리 반쯤 셀 때
마침내 나 먼저 숨을 놓으면
그 여자 이제는 울지도 웃지도 못하리
나 피우면 쓴 담배 따라 피우며
못 마시던 술도 배우리 욕도 배우리

이만하면 제법 속절없는 사랑 하나 안되겠는가
말이 되는지는 모르겠으나

* 이 시는 김명인 시인의 「너와집 한 채」 가운데 한 구절에서
  운을 빌려왔다.

사랑이 왔나?

꿈인가, 무슨 이런 꿈이

저기 저 혈혈단신 죽음 같은 어둠

앞뒤로 지고

연꽃 하나,

오롯하게도 아니고, 그 왜 뜬금없이

연꽃 하나 하이아니 떠오를 수도 있나

사랑이 왔나? (아이고 참, 한심도)

그런데 저 백랍빛 얼굴과 젖어 긴 머리채

익사한 심청인가 심청이 그이,

죽어서야 이제 돌아온 건가

저 죽음의 캄캄한 물 우흐로

물에 불은 연꽃 하나

칠순에 자식을 보다니

(아이고 참!)

윤중호 죽다

'죽'은 대체 어디서 굴러먹던 글자일까
윤중호 석 자 뒤엔 아무래도 설다
'ㅈ'이 'ㄱ'에 가닿을 동안
길가엔 어허이 에하 상두소리 울리라는 걸까
산 모양의 저 '죽'자 날망에는
고봉밥처럼 황토 봉분만 외로우란 걸까
'ㅈ'과 'ㄱ' 사이 나지막한 비탈길
고통도 시름도 내려놓고
문지방 너머 가벼이 넋은 있으리
'주'의 복판 웅덩이엔
차마 못다한 말들 썩어 고여 우울하리
우울하여 마침내 긴 주름 아득한 'ㅈ'이겠네
'주'와 'ㄱ' 사이 어느 고샅에
산동네 자취의 날들 있으리
떠나간 아버지와 삭발하는 여동생 있으리
눈물 훔치며 돌아나오던 옛동네도 숨어 있으리
그 고샅 끝에서 새 옷 갈아입고

쌀 세 알 물고
다락 같은 일주문 'ㄱ'자 문턱에 덜컥 걸려 넘어지면
문득 저승이리
왈칵 쏟는 뜨거운 국솥같이 통곡 있으리
기어이 일어나버려 저 '죽'자이 시은 정강이를 붙잡고
감꽃처럼 툭 떨어진 몸 허물 앞에서
어머니는 우시리
그저 우시리

* 충북 영동 사람 윤중호는 2004년 가을 48세를 일기로 세상 떠났다. 아내와 아이 눌, 시집 3권을 남겼다.

때늦은 사랑

내 하늘 한켠에 오래 머물다
새 하나
떠난다

힘없이 구부려 모았을
붉은 발가락들
흰 이마

세상 떠난 이가 남기고 간
단정한 글씨 같다

하늘이 휑뎅그렁 비었구나

뒤축 무너진 헌 구두나 끌고
나는 또 쓸데없이
이 집 저 집 기웃거리며 늙어가겠지

해동 무렵

노루목 지나 심학산 넘어가면
조강 나루

겨우내 맨살로 버틴 교각 사이를
허옇게 처내려오는
얼음조각들

전봉준처럼 도도하게 머리를 세우고
그 우에 올라앉아

죽기 아니면 살기로
죽기 아니면 살기로 까맣게 떠내려가는
청둥오리떼

봄바다

구장집 마누라
방뎅이 커서
다라이만 했지
다라이만 했지

구장집 마누라는
젖퉁도 커서
헌 런닝구 앞이
묏등만 했지
묏등만 했지

그 낮잠 곁에 나도 따라
채송화처럼 눕고 싶었지
아득한 코골이 소리 속으로
사라지고 싶었지

미끈덩 인물도 좋은

구장집 셋째 아들로 환생해설랑

서울 가 부잣집 과부하고 배 맞추고 싶었지

덕평장

세 개뿐인 손가락이 민망하다
면봉과 일회용밴드 뭉치를 들고 천원이요 외쳐보나
사는 사람 적다
땡볕에 눈이 따갑다

도토리묵 과부 윤씨가 같이 한술 뜨자고 소릴 지른다
묵국수를 말아내는 윤씨의 젖은 손엔
생기가 돈다
떨이옷 김씨가 농협 모퉁이에서
전대를 철럭거리며 쫓아온다
무친 닭발과 소주를 양손에 들었다
장사 참 어지간하네
차양모자 밑으로 땀을 훔으며 연신 엄살이다
잠긴 목에 거푸 몇잔을 부으니 나른해진다

받지 않는 줄 알면서도
번번이 지전 두어 장을 내밀어본다

윤씨의 환한 팔뚝이며 가슴께를 애써 외면하며
다시 거두는 몽당손이 열쩍다

내일 장에는 도루코 쎄트나 칫솔을 더 떼어가나 어쩌나
해는 아직 길고

한 보따리에 천원
문득 한번 소리를 돋워본다

늦가을

호두나무 잎에 싱거운 비 뿌린다

성큼 옮겨놓는 황새 다리가 더 길어졌다

물 말아 찬밥 한술 뜨고
이웃에 곶감이나 깎아주러 갈까

돋보기를 밀어올리며
어머님은 양말을 꿰매고 계시고

그런데 귀뚜라미들은 대체
어디서 이 비를 긋겠나

나비

오는 나비이네
그 등에 무엇일까
몰라 빈 집 마당컨
기운 한낮의 외로운 그늘 한 뼘일까
아기만 혼자 낚아
먹다 흘린 밥알괴 김칫국물
비어져나오는 울음일까
나오다 턱에 앞자락에 더께지는
땟국물 같은 울음일까
돌보는 이 없는 대낮을 지고 눈시린 적막 하나 지고
가는데, 대체
어디까지나 가나 나비

그 앞에 고요히
무릎 꿇고 싶은 날들 있었다

30년, 하고 중얼거리다
고교 졸업 30주년

30년, 하는 제 소리에 놀라
그는 퍼뜩 꿈에서 깬다
교련복을 챙기고 도시락을 싸고
서둘러야 할 시간

웬 생시 같은 꿈!
서울로 어디로 떠나 대학생이 되는 꿈 취직하는 꿈 술
담배 배우고 여자도 배우는 꿈 자취로 하숙으로 과외선
생으로 돌다가 군대 3년 푹 썩는 꿈 외국으로 유학 가서
박박 기는 꿈 돌아와 눈매 고운 여자 얻어 장가드는 꿈
그 여자와 집 장만하는 꿈 그 여자와 자식 낳는 꿈 아이
자라는 꿈 그 아이 대학생 되도록 애 끓이며 지켜보는 꿈
직장생활 여의치 않은 꿈 뒤늦게 승진하는 꿈 주식으로
한몫 잡는 꿈 다시 꼬라박는 꿈 피신하는 꿈 외로워 우는
꿈 부모님 편찮은 꿈 한 분 먼저 가시는 꿈 남은 분 모시
는 일로 집안 뒤집히는 꿈 그러나 아이들 때문에 차마 갈
라는 못 서는 꿈 집 넓히는 꿈 승용차 커지는 꿈 접대에

골프에 허덕이는 꿈 어느날 명예퇴직도 하는 꿈 그러다
그러다 아내 먼저 먼 길 떠나기도 하는 꿈 처자식 뒤로
하고 가기도 하는 꿈 졸업 30주년 안내장 받는 꿈 '무슨
내라는 돈이 이렇게 많대요' 마누라 잔소리를 한쪽으로
들으면서 '아 벌써 그렇게니 됐나' 바음 아늑해지는 꿈

30년, 하고 중얼거리며 차가운 거울 앞에 서면
헐거워진 머리칼 너머 주름살 너머 먼 저곳
수1의 정석과 정통종합영어를 우겨넣은 가방을 끼고
발갛게 상기된 까까머리 앳된 그가 달려간다

30년, 하고 다시 가만히 말해보면
녕지끝 어디선가 화아한 박하냄새가 올라오는 듯하다
삭은 젓국냄새도 도는 듯하다
궂은 저녁의 쓰디쓴 소주 한 잔과 뉘우침의 냄새가 나
는 듯하나
마른 고춧대 태우는 냄새가 도는 듯하다

가까스로 지각을 면하고 교실로 뛰어가는
거울 속 까까머리
그의 새벽 꿈자리가
기뻤는지 슬펐는지
알 길은 없다

제2부

필사적으로

비 오고, 술은 오르고, 속은 메슥거려 식은땀 배고, 비는 오는데, 어디 마른 땅 한 귀퉁이 있다면 이 육신 벗어 던졌으면 좋겠는데, 어쩌자고 눈앞은 자꾸 아련해지나, 양손에는 우산과 가방 하나씩 쥐고, 자꾸 까부라지려 하네. 비는 오고, 오는데, 몸뚱이는 젖은 창호지처럼 척척 늘어지는데, 기억에도 희미한 옛 벗들 그림자, 환등(幻燈)과도 같이, 가슴에 예리한 칼금 긋고 지나가네. 한 손에 우산, 또 한 손엔 내용불상(內容不詳)의 가방을 쥐고 필사적으로, 달리 마땅한 폼이 없으므로 다만 필사적으로, 신발에 물은 스미고, 신호는 영영 안 바뀌는데.

맨드라미

꺾인 맨드라미여
허리 꺾인 맨드라미여
청 좋은 나훈아가
서운히도 돌아서던 돌담길이다
대추나무 쾡한 가지 너머
하늘은 잿빛으로 얼어붙었다
잘리다 만 모가지이냐
꺾인 허리여
잿간 구석 던져진
몽당비만도 못하다
한 시절 눈부시던 선홍의 볏이
피흘리며 흙바닥을 쓸고 있구나
파장 뒤 굴러다니는
헌 신문지만도 못하다 저 목덜미,
저 목덜미 적셔
겨울비 하염없고
아부도 내다보지 않는다
맨드라미

밥

술 번쩍 깨리
두고 온 이들 떠올라 목은 메이리

밥 한 그릇의 묵묵한 의관정제!

그 곁에서
흩어지는 몸 겨우 추슬러봄
풀린 눈 다시 힘주어 뜨고 무릎 꿇어봄
북받쳐오름이여
오오 나는 죄 많은 사람이로다
저 흰밥 고봉 너머 고향의 강물 넘실대고
낫질하던 팔뚝들
적적하게 돌아눕는 노모의 좁은 어깨

대체 나는 어디에 엎질러져 있단 말인가

돌아앉아 담배만 빨고 있는 굽은 등
밥 한 그릇

소리장도(笑裏藏刀)

웃음 뒤에 칼을 감추고 나는
계면조 뒤에 핏발선 눈을 감추고 나는
비겁하게도
비겁하게도
사랑을 말하네
역수(易水)를 건너던 자객쯤이나 되나
비장의 이 허장성세
칼은 이미
있어도 없어도 그만이라네
있는지 없는지도 다 잊었다네

빈 방

나 이제 눕네
봄풀들은 꽃도 없이 스러지고
우리는 너무 멀리 떠나왔나 봐
저물어가는데

채독 걸린 무서운 아이들만
장다리밭에 뒹굴고
아아 꽃밭은 결딴났으니

봄날의 좋은 볕과
환호하던 잎들과
묵묵히 둘러앉던 저녁 밥상의 순한 이마들은
어느 처마 밑에서 울고 있는가

나는 눕네 아슬한 가지 끝에
늙은 까마귀같이
무서운 날들이

오고 있네

자, 한 잔
눈물겨운 것이 어디 술뿐일까만
그래도 한 잔

길이 다하다

풀 하나가 앞을 가로막는다
건드리면 터질 것 같은
저 야윈 실핏줄들
빗방울 하나가 앞을 가로막는다

이미 저질러진 일들이여
완성된 실수여

아무리 애써도 남의 것만 같은
저 납빛의 두꺼운 하늘
잠시 사랑했던 이름들

이제 나에게 어떤 몸이 용납될 것인가
설움에 눌린 발바닥과 무릎뼈는
어느 달빛에 하얗게 마를 것인가

길이 다하다

아카시아

먼 별에서 향기는 오나
그 별에서 두 마리 순한 짐승으로
우리 뒹굴던 날이 있기는 했나
나는 기억 안 나네
아카시아

허기진 이마여
정맥이 파르랗던 손등
두고 온 고향의 막내누이여

마른 쑥대에 부쳐

마른 쑥대여
해설핀 섣달 저녁의
성긴 눈발이여

어머님 산소는 먼 곳에 있다
알고나 있는가
마른 쑥대여

잊지는 않았겠지
컴컴한 호두나무 그늘이며
기계충 머리로 보채던 어린 누이며
손등에 사마귀 많던 동무들……

제사도 지내야 하는데
제사도 지내야 하는데

비명에 간 없는 집 종손이여
마른 쑥대여

여름날

풀들이 시드렁거드렁 자랍니다
제 오래비 시누 올케에다
시어미 당숙 조카 생질 두루 어우러져
여름 한낮 한가합니다

봉숭아 채송화 분꽃에 앙아욱
산나리 고추가 핍니다
언니 아우 함께 핍니다

암탉은 고질고질한 병아리 두엇 데리고
동네 한 바퀴 의젓합니다

나도 삐약거리는 내 새끼 하나하고 그 속에 앉아
어쩌다 비 개인 여름 한나절
시드렁거드렁 그것들 봅니다
긴 듯도 해시 긴 듯노 해서 눈이 십니다

뉴욕행

딸년은 제 사촌들과
뉴욕행 비행기를 타고
슬슬 이 땅 떠나 이륙하고
손바닥만 한 창으로 엄마! 아빠!
소리치며 빠이빠이 하고
밑에 남은 부모 일동도
새끼들 얼굴 창에 비칠 때마다
'오냐 잘 댕겨온나' '편지해라'
같이 소리지르며 손 흔들어대는데

한 바퀴 돌 때마다
열심히 고개 내밀고 에미 애비 찾아쌓는
그것들 보니
하이고야, 제법 그럴듯하게
코 찡하고 가슴 써늘하더라
그러다 슬머시 겁나더라야
부산행 서울행보다

뉴욕행 빠리행 타겠다고 떼쓰는 저것들
나중에 참말 뉴욕행 빠리행 해가지고
오도 가도 안하면
그때 심정 어떨까나

어디다 말도 못하고 긱정뇌너라
부산 금강공원
500원짜리 뺑뺑이 비행기에
딸년은 실어놓고

맑은 소리

알이 아홉 달린 대추나무 단주 하나
어디서 덕원 수좌가 훔쳐다 나를 주었는데
딩 딩 딩 맑은 소리가
마음 안으로 울려오는 것 같아
여자를 만날 때도 술을 먹을 때도
주머니 속에 넣고 다니며 쪼물거렸는데

어느날부턴가
아무 소리 안 들린다
나는 얼씨구
비로소 개잡놈이 된 것이냐

깊이 묻다

사람들 가슴에
텅텅 빈 바다 하나씩 있다

사람들 가슴에
길게 사무치는 노래 하나씩 있다
늙은 돌배나무 뒤틀어진 그림자 있다

사람들 가슴에
겁에 질린 얼굴 있다
충혈된 눈들 있다

사람들 가슴에
막나른 골목 날선 조선낫 하나씩 숨어 있다
파란 불꽃 하나씩 있다

사람들 가슴에
후두둑 가을비 뿌리는 대숲 하나씩 있다

섣달 그믐

또 한 잔을 부어넣는다
술은 혀와 입안과 목젖을 어루만지며
몸 안의 제 길을 따라 흘러간다
저도 이젠 옛날의
순진하던 저가 아니라고 말하는 듯하다

뜨겁고 쓰다

윗목에 웅크린 주모는
벌써 고향 가는 꿈을 꾸나본데
다시 한 잔을 털어넣으며
가만히 내 속에 대고 말한다

수다사(水多寺) 높은 문턱만 다는 아니다
싸구려 유곽의 어둑한 잠 속에도 길은 있다
이만하면 괜찮다

꽃

모진 비바람에
마침내 꽃이 누웠다

밤내 신열에 떠 있다가
나도 푸석한 얼굴로 일어나
들창을 미느니

살아야지

일어나거라, 꽃아
새끼들 밥 해멕여
학교 보내야지

YOL

덧없다고 말하네 저 바람이
늙은 부랑자의 웅크린 겨울 꿈자리 한구석 어디
두고 온 어린날의 추억
어머니 앞치맛자락 냄새에 잠이 깨던 그 새벽,
그런 새벽은
결국, 아득히 흘러가, 세상 어디에도, 없다고,
저 바람과 눈보라의 길이 말하네 이제
차갑게 이마에 와닿는 시골 버스의 유리창이 말하네
이 끝없는 길 위에 찍힐 점 하나로도 남지 못한다고 덜
컹거리네

세상은 변하고
시간은 속절없이 흘러갔다네
아이들은 자라
수염자리 거뭇한 낮선 얼굴이 되고
훤칠하던 어른들은 하나둘 떠나갔다네

저 눈보라 죽음의 길 십년 백년을

걷고 또 걸어, 우스워라, 다시 제자리

감옥과 무덤과 증오의 길

아아아아 게 누구 없소! 거기 누구 없소! 소리쳐봐도

있은들 무엇이겠나

절망으로 칠갑한 너와 같은 자

눈썹에 수염에 혹한의 고드름 달고 제 부모 처자 눈 속

에 까마귀밥으로 장사지낸 자

살 수도 죽을 수도 없는 육신 하나 지고 갈 곳도 머물

곳도 땅 위에는 없는 자

바랜 흑백사진 속의 풍경과도 같이

저 끝없는 눈보라의 시간이 묵묵히 말하네

모든 길은 죽음 속에 갇혔느라고

말하네, 지상의 길은 사라졌으니

갈 테면 새가 되어 날아가라고

* YOL(길)은 터키의 윌마즈 규네이(Yllmaz Güney) 감독이
  1982년에 만든 영화이다.

옛 일

그 여름 밤길
수풀 헤치며 들던
어질머리 풀냄새 벌레소리
발목에 와 서걱이던 이슬방울 그리워요
우리는 두 마리 철없는 노루새끼처럼
몸 달아, 하아 몸은 달아
비에 씻긴 산길만 헤저어 다니고요
단숨만 들여마시고요
안 그런 척 팔만 한번씩 닿아보고요
안 그런 척 몸 가까이 냄새만 설핏 맡아보고요
캄캄 어둠 속에 올려 묶은 머리채 아래로
그대 목덜미 맨살은 투명하게 빛났어요
생채기투성이 내 손도 아름다웠지요

고개 넘고 넘어
그대네 동네 뒷산길
애가 타 기다리던 그대 오빠는 눈 부라렸지만

우리는 숫기 없이 꿈 덜 깬 두 산짐승
손도 한번 못 잡아본걸요
되짚어오는 길엔
고래고래 소리질러 노래만 불렀던걸요

인절미

외할머니 떡함지 이고
이 동네 저 동네로 팔러 가시면
나는 잿간 뒤 헌 바자 양지 쪽에 숨겨둔
유릿조각 병뚜껑 부러진 주머니칼 쌍화탕병 손잡이 빠
진 과도 터진 오자미 꺼내놓고
쪼물거렸다
한나절이 지나면 그도 심심해
뒷집 암탉이나 애꿎게 쫓다가
신발을 직직 끈다고
막내 이모한테 그예 날벼락을 맞고
김치가 더 많은 수제비 한 사발
눈물 콧물 섞어서 후후 먹었다
스피커에서 따라 배운 '노란 샤쓰' 한 구절을 혼자 흥
얼거리다
아랫목에 엎어져 고양이잠을 자고 나면
아침인지 저녁인지 문만 부예
빨개진 한쪽 볼로 무서워 소리치면

군불 때던 이모는 아침이라고 놀리곤 했다
저물어 할머니 돌아오시면
잘 팔린 날은 어찌나 서운턴지
함지에 묻어 남은 고운 콩고물
손가락 끝 쪼글토록
침을 발라 찍어먹고 또 찍어먹고

아아 엄마가 보고 싶어 비어지는 내 입에
쓴 듯 단 듯 물려주던
외할머니 그 인절미
용산시장 지나다가 초라한 좌판 위에서 만나네
웅크려 졸고 있는 외할머니 만나네

새

새여
물길 거슬러
멀리 이 도회의 강가에까지 이른
갈매기여
네 몸짓은 이미 평화로워
이승의 것이 아니구나
머리 풀고 깃 접을 아무데도
여기는 없다
우아한 날갯짓 너머 시간은 멎어 있고
죽음과 같은 고요만 깊고 깊다

누가 알리
허공에 몸을 띄운
근육의 내밀한 긴장과 핏발 선 두 눈

아무도 이곳에 없고
그토록 의연했구나

돌아가 쉬라 새여
훗날의 아름다운 하늘 속으로

네 지나간 자리엔
감꽃 하나 지지 않았으니

네거리에서

그럴까
그래 그럴지도 몰라
손 뻗쳐도 뻗쳐도
와닿는 것은 허전한 바람, 한 줌 바람
그래도 팔 벌리고 애끓어 서 있을 수밖에 없는
살 닿는 안타까움인지도 몰라

몰라 아무것도 아닌지도
돌아가 어둠 속
혼자 더듬어 마시는 찬물 한 모금인지도 몰라
깨지 못하는, 그러나 깰 수밖에 없는 한 자리 허망한 꿈
인지도 몰라
무심히 떨어지는 갈잎 하나인지도 몰라

그러나 또 무엇일까
고개 돌려도 솟구쳐오르는 울음 같은 이것
끝내 몸부림으로 나를 달려가게 하는 이것

약속도 무엇도 아닌 허망한 기약에 기대어

칼바람 속에 나를 서게 하는 이것

무엇일까

거울

겁에 질린 한 사내 있네
머리칼은 다복솔 같고 수염자국 초라하네
위태롭게 다문 입술 보네
쫓겨온 저 사내와
아니라고 외치며 떠밀려온 내가
세상 끝 벼랑에서 마주 보네
손을 내밀까 악수를 하자고
오호, 악수라도 하자고
그냥 이대로 스치는 게 좋겠네
무서운 얼굴
서로 모른 척 지나는 게 좋겠네

노년

먼 데서 바람이 오니
굴참나무 잎새도
실핏줄이 아리어

가을걷이 지나간 자리에
새떼 무심타

장 속엔 미리 사둔
양말 두 켤레

올 추석엔 아이들
돌아올 것가

저만치 빈 논가에
전봇대 하나

서귀(西歸)

날 잊지 말아라 노래 부르네
누구에게 말하나 비통에 대해
별은 빛나 적적한데 그대에게?

나 이승의 연(緣) 다하여
먼 길 가는 날
살쩍 고운 귀밑머리 흰 목덜미
그대 두고는 차마 못 가
자욱마다 소나기 오리
울고불고 몸부림치리

그래도 아마 나 시치미 떼리
시치미 떼고 휘파람 불리
한사코 무덤덤히 가서
한번도 뒤 안 돌아보리
머리칼 한 오락 안 빠뜨리리

누구에게 말하나 비통에 대해
별은 빛나 적적한데 그대에게?

그를 버리다

죽은 이는 죽었으나 산 이는 또 살았으므로
불을 피운다 동짓달 한복판
잔가지는 빨리 붙어 잠깐 불타고
굵은 것은 오래 타지만 늦게 붙는다
마른 잎들은 여럿이 모여 화르르 타오르고
큰 나무는 외로이 혼자서 탄다

묵묵히 솟아오른 봉분
가슴에 박힌 못만 같아서
서성거리고 서성거리고 그러나
다만 서성거릴 뿐
불 꺼진 뒤의 새삼스런 허전함이여

용서하라
빈 호주머니만 자꾸 뒤지는 것을
차가운 땅에 그대를 혼자 묻고
그 곁에서 불을 피우고

그 곁에서 바람에 옷깃 여미고
용서하라
우리만 산을 내려가는 것을
우리만 돌아가는 것을

공휴일

중랑교 난간에 비슬막히 식구들 세워놓고
사내 하나 사진을 찍는다
햇볕에 절어 얼굴 검고
히쭉비쭉 신바람 나 가족사진 찍는데
아이 들쳐업은 촌스러운 여편네는
생전 처음 일이 쑥스럽고 좋아서
발그란 얼굴을 어쩔 줄 모르는데
큰애는 엄마 곁에 붙어서
학교에서 배운 대로 차렷을 하고
눈만 때굴때굴 숨죽이고 섰는데
그 곁 난간 틈으로는
웬 코스모스도 하나 고개 뽑고 내다보는데
짐을 맡아들고 장모인지 시어미인지
오가는 사람들 저리 좀 비키라고
부산도 한데

춘곤

사람 사는 일 그러하지요

한세월 저무는 일 그러하지요

닿을 듯 닿을 듯 닿지 못하고

저물녘 봄날 골목을

빈 손만 부비며 돌아옵니다

사랑가

1

여뀌풀처럼 강가 사랑 퍼렇게 자라고
철 지난 멱감고 푸르동동 소름 돋은 아이들은 한 알 오디
따라오지 마 물귀신 어머니 검푸른 입술 새빨간 치마 입고
따라오지 마
아이들 돌아가 배탈 앓고
고추 내놓고 설사하는 뒷간 후미진 곳에
물귀신 어머니 긴 손톱 눈물 글썽글썽
따라오지 마
우리는 푸르청청 하늘에 별빛 귀신 푸르청청 강변에 여뀌풀 귀신
푸르청청 강가에서 어머니 젖줄 찾는 사랑 사랑 사랑 귀신

2

애들아 애들아 문 열어라 내가 왔다
차마 못 감은 눈 차마 못 뗀 걸음
무주 허공중에 둥둥둥 떠돌다가 아득한 황천길 목이
메어
에미가 왔다
문 열어라

3

햇빛 보고 자랐소 별빛 먹고 자랐소
산에는 독사풀 강가에 여뀌풀
우리는 다 죽어서 사랑귀신 되었는데
말라붙은 젖가슴 젖은 누굴 주고
비녀는 누굴 주고 머리칼은 천만 갈래
돌아가소 어머니

문설주 마른 둥걸 피가 배어도
밥 한입 못 준 엄마 젖 한입 못 준 엄마
기다리다 기다리다 내 살 베어 내 먹었소
푸르청청 하늘엔 별빛도 좋아라
가소 어머니
다시는 오지 마소

60년대

가을 빛 부신 산길에

꿩 한 마리

아이는 외조모 손을 잡고

재를 넘는데

껑— 껑—

부서지는 햇살 너머로

목이 메는 식구들 걱정

다시 금강공원에서

그날
개인 하늘 아래 식구들은
갓 핀 해바라기처럼 맑았다 그때
등뒤로 지나간 찬 바람 한 줄기를
어찌 몰랐던가
주전부리 파는 아주머니의 치맛자락 끝이었던가
사진사 노인의 낡은 구두 뒷굽이었던가
숱 많은 아내의 머리칼 속이었던가
허공 뒤편 어느 한 점이었던가
오호, 숨어, 뱀 같은 눈으로,
어둠이, 우릴, 겨누고 있던 곳은!

왜 못 알아들었을까
그 음험한 바람 사이로 나뭇잎새들이 외치던 말들을
돌계단들이 순한 등으로 받쳐올리던 귀띔을
키 큰 선인장의 우울한 그늘을
딸아이 손을 놓친,

순간을 스쳐가던 철렁함의 뜻을 두려움을

몇해 지나 새끼들 안부도 모르는 채
먹는지 거르는지 애써 모르는 재
용케 이 항구까지 살아 머내려와
혼자 다시 찾아온 곳
딸아이 좋아하던 뺑뺑이 비행기는 없고
이제 임진 동래의총 사당이 푸르다
쪼그라든 산수유 묵은 열매가 쓸쓸하게 붉다

오누이

57번 버스 타고 집에 오는 길
여섯살쯤 됐을까 계집아이 앞세우고
두어살 더 먹었을 머스마 하나이 차에 타는데
꼬무락꼬무락 주머니 뒤져 버스표 두 장 내고
동생 손 끌어다 의자 등을 쥐어주고
저는 건드렁 손잡이에 겨우겨우 매달린다
빈 자리 하나 나니 동생 데려다 앉히고
작은 것은 안으로 바짝 당겨앉으며
'오빠 여기 앉아' 비운 자리 주먹으로 탕탕 때린다
'됐어' 오래비자리는 짐짓 퉁생이를 놓고
차가 급히 설 때마다 걱정스레 동생을 바라보는데
계집애는 앞 등받이 두 손으로 꼭 잡고
'나 잘하지' 하는 얼굴로 오래비 올려다본다

안 보는 척 보고 있자니
하, 그 모양 이뻐
어린 자식 버리고 간 채아무개 추도식에 가

술한테만 화풀이하고 돌아오는 길
내내 멀쩡하던 눈에
그것들 보니
눈물 핑 돈다

여수(麗水)

함바 구들장은 쩔쩔 끓고
순천 석수 정씨는 종일 잠만 잔다
신월동 바닷가 겨울 저녁
광주로 공부 나간 둘째는
끼니나 제대로 찾아먹는가
몸만 상하고
돈은 마음같이 모이질 않고
간조가 아직도 닷새나 남았는데
땡겨먹은 외상값은 쌓여만 간다
바다는 출랑출랑 무언가를 졸라대고
개들은 바람을 좇아 컹컹컹 짖고

잠이 깬 정씨가 바다 쪽으로 부스스 괴타리를 푼다
힘없이 오줌이 옆으로 날린다

강으로 가서 꽃이여

이마에 손을 얹고 꽃이여
이마에 여윈 손 얹고 꽃이여

어둡게 흘러가는 강가로 가자
어린 자갈들은 추위에 입술 파랗고
늙은 여뀌떼 거친 종아리

강으로 가서 우리는
강으로 가서
다만 강물을 보자

하늘엔 찬 별도 총총하리
시든 풀의 곱은 등엔 서리가 희리

취한 듯 슬픔인 듯 강으로 가서
다만 묵묵히 강물을 보자
이마에 손 얹고 꽃이여

집 없는 박수의 시

김사인 형의 두번째 시집 출간에 부쳐

사인 형!

19년 만에 두번째 시집을 내신다고요? 지난 19년 세월을 돌이키자니, 기억의 실은 망가진 물레 돌리듯 자꾸 끊어집니다. 가까스로 이어보면 그 세월, 제겐 문학이라 이름할 것이나 살가운 것 하나 없이 오직 부랑(浮浪)한 것들만이 쌓여 있던 듯, 대책 없는 후회에 빠집니다. 어둡고 수상한 기억들이 앞다퉈 떠오르는 1980년대 후반기, 제겐 형의 행색도 마찬가지여서 그럴싸한 뭣이 떠오르는 바 없고, 굳이 표현하자면, 느릿느릿 초원을 건너는 낙타나 당나귀같이 순하고 파리한 얼골을 한 형의 모습이 기억에 스칩니다. 이제 형에게 그 가위눌린 긴 세월이 저 스스로 깊이 익어, 시의 결실을 알리는군요.

형의 두번째 시집에 붙이는 꼬릿말이지만, 정좌하고 시집 원고를 읽으니 홀연 머릿속에 떠오르는 한 시인을 먼저 소개

해야 할 듯합니다. 형의 원고를 읽고서, 서가에서 백석(白石) 시집에 소복이 쌓인 먼지를 털어냈습니다. 형도 아시다시피 백석은 가난하고 외롭고 쓸쓸한 것들을 사랑한 시인이었습니다.

　　내 사랑하는 어여쁜 사람이
　　어늬 먼 앞대 조용한 개포가의 나즈막한 집에서
　　그의 지아비와 마조 앉어 대구국을 끓여놓고 저녁을 먹는다
　　벌써 어린것도 생겨시 옆에 끼고 저녁을 먹는다
　　그런데 또 이즈막하야 어늬 사이엔가
　　이 흰 바람벽엔
　　내 쓸쓸한 얼골을 쳐다보며
　　이러한 글자들이 지나간다
　　──나는 이 세상에서 가난하고 외롭고 높고 쓸쓸하니 살어가도록 태어났다
　　(…)
　　──하눌이 이 세상을 내일 적에 그가 가상 귀해하고 사랑하는 것들은 모두
　　가난하고 외롭고 높고 쓸쓸하니 그리고 언제나 넘치는 사랑과 슬픔 속에 살도록 만드신 것이다
　　초생달과 바구지꽃과 짝새와 당나귀가 그러하듯이
　　　　　　　　　　　　　　　　　── 「흰 바람벽이 있어」 부분

근래 우리 시의 주류와 한참 떨어져서 산 탓인지도 모릅니다. 형의 시를 읽고 새삼스레 일제시대 시인인 백석의 시를 인용하고 있으니까요. 그러나 시대착오적이라 할지 몰라도, 백석의 시는 윤동주(尹東柱)의 시와 함께 한동안 제게 문학적 화두였음을 고백해야 할 듯합니다. 백석과 동주는 둘 다 한반도의 북방(평북 정주와 만주 용정)에서 태어났고 일본에서 서양문학을 공부한 당시의 지식인들이었지만, 고향산천과 북방의 삶과 민속을 그리워하며 시를 쓴 시인들이었습니다. 뒤에 짧게나마 이들, 특히 백석의 시적 사유와 감각의 원천이 무엇이었는가 하는 문제를 말씀드리기로 하지요. 다만 여기 소개한 시에서 백석은 시인이란 "이 세상에서 가난하고 외롭고 높고 쓸쓸하니 살아가도록 태어"난 운명을 지닌 존재라는 것, 그래서 시인이 "가장 귀해하고 사랑하는 것들은 모두/가난하고 외롭고 높고 쓸쓸"한 것들이라고 말하고 있습니다. 백석의 시인관입니다. 저 스스로 가난과 외로움과 쓸쓸함을 운명으로 받들고 "가난하고 외롭고 높고 쓸쓸"한 것들에 대한 깊은 관심과 애정을 쏟는 것이 곧 시인됨의 조건이라는 것이지요. 이러한 시인관은 한국근대시사에서 비록 드물지만 의연한 전통을 이룬다고 말할 수 있습니다.

이 길, 천지에 기댈 곳 없는 사람 하나 작은 보따리로 울고 간 길

그리하여 슬퍼진 길
상수리와 생강나무 찔레와 할미꽃과 어린 풀들의
이제는 빈, 종일 짐승 하나 지나지 않는
환한 캄캄한 길

열일곱에 떠난 그 사람
흘러와 조치원 시장통 신기료 영감으로 주저앉았나
깁고 닦는 느린 손길
골목 끝 남매집에서 저녁마다 혼자 국밥을 먹는,
돋보기 너머로 한번씩 먼 데를 보는
그의 얼굴
고요하고 캄캄한 길

—「풍경의 깊이 2」 전문

이 외로움과 가난함과 슬픔 그리고 소외된 삶에 대한 연민을
다시 해설할 필요가 있겠습니까. 저는 단지 이 시에서 엿보
이는 시인이, 앞서 백석의 시와 같이 "하늘이 (…) 언제나 넘
치는 사랑과 슬픔 속에 살도록 만드신" 슬픈 운명과 님루의
초상을 하고 있으며, 그의 시심은 삶에 대한 애련(愛憐)으로
가득 차 있음을 쳐다볼 뿐입니다. 그리고 이 시를 통해, 선배
시인으로서 백석의 시와 형의 시를 견준다면 정작 둘 사이의
상관성은 좀더 깊은 정신적인 맥락 속에서 발견할 수 있음을
생각합니다. 그 상관성이란 "넘치는 사랑과 슬픔 속에 살도

록” 운명지어진 시인은 숙명적으로 우주 자연과의 교감의
삶을 살게 된다는 것, 그래서 시인은 우주 자연 속에서 새로
운 시적 사유와 변신의 능력을 부여받는다는 사실입니다. 자
연 혹은 우주와 교감하고 대화하는 언어적 주술사의 능력과
지위를 부여받았다고 할까요? 형의 이 시에서 소외된 인생
에 대한 절절한 애련의 시심은 자연의 숨결과 풍경과 서로
깊이 어울리며 새로운 시적 정황을 만들고 있습니다. 소박한
예에 속하지만, 이 시의 1연에서처럼 시인에게 “이 길, 천지
에 기댈 곳 없는 사람 하나 작은 보따리로 울고 간 길/그리
하여 슬퍼진 길”은 인생살이의 괴롬과 슬픔과 가난의 길이
지만 동시에 “상수리와 생강나무 찔레와 할미꽃과 어린 풀
들의/이제는 빈, 종일 짐승 하나 지나지 않는” 자연의 길로
인식된다는 것. 이처럼 자연에 관한 시적 사유를 동반함으로
써 이 시에서 인간의 슬픔은 자연의 일부로 느껴지게 됩니
다. 그리고 세속계의 곤고한 삶이 자연 풍경과 묘하게 어우
러짐으로써, 슬픔과 고난의 시어들은 언어의 지시성과 물질
성을 넘어 어떤 불가사의한 힘(의미)을 발휘하게 됩니다.

그런가 하면 형의 시집에도 ‘시인론’을 피력한 것으로 읽
힐 만한 시들이 있습니다. 「코스모스」가 그중 한 편입니다.

누구도 핍박해본 적 없는 자의
빈 호주머니여

언제나 우리는 고향에 돌아가
그간의 일들을
울며 아버님께 여쭐 것인가

—「코스모스」 전문

이 시를 민중론으로 읽으면 2연 1행의 '우리는'은 소외된 민중으로 읽히겠지만, 민중론에서 벗어나면 이 시는 새로운 차원의 시인론으로 변합니다. 가령 '우리'라는 1인칭 복수형 주어를 '시인'으로 읽을 때, 이 시는 시인됨의 조건을 역설적으로 보여주는 시가 되는 것입니다. 여기서 형은 시인됨의 조건으로 먼저 "누구도 핍박해본 적 없는" '가난함'을 들고 있습니다. 그리고 다음 조건으로 귀향본능("언제나 (…) 고향에 돌아가")과 "그간의 일들을/울며 아버님께 여"쭙는, 삶-죽음의 생명론적 귀환의식을 말하고 있습니다. 앞의 것이 시인됨의 현실론적 조건이라면 뒤의 것은 시인됨의 언어론적 존재조건을 뜻한다 할 수 있습니다. 물론 2연으로 이루어진 이 시는 시인됨의 두 가지 조건을 각 연에 병치함으로써 두 조건이 긴밀한 상호관계에 있음을 드러냅니다.

시의 제목을 '코스모스'로 한 것도 힘없고 가난한 삶과 연결된 고도의 비유를 고려했기 때문일 것이고, 이는 형의 시인론의 시적 비유로서 적절합니다. 그러니까 형에게 시인은 실가에 하늘거리는 코스모스와 같은 존재인 것입니다. 그 코스모스 같은 시인이 더이상 박탈당할 것도 없는 빈 호주머니

신세로 귀향하여 울며 아버님께 그간 살아온 얘기를 여쭙는
것, 그 '여쭘' 속에서 시가 탄생하는 것이라고 형은 말하는
듯합니다.

그러나 이 시는 다른 각도에서도 이해할 수 있습니다. 즉
"누구도 핍박해본 적 없는 자의 빈 호주머니여"란 시구 속으
로 깊이 내려가면, 시인 스스로 핍박과 가난을 택하려는 능
동적 의식을 발견할 수 있습니다. 이 시구의 탄식형이자 호
격형 어미인 "—여"에는 슬픈 탄식만이 아로새겨져 있는 것
이 아니라 가난에의 능동적 수락의지도 함께 담겨 있기 때문
입니다. 그리고 "언제나 우리는 고향에 돌아가 / 그간의 일들
을 / 울며 아버님께 여쭐 것인가"라는 시구의 '귀향' 모티브
에서 시어 "아버님"에는 어진 가부장으로서의 권위의 '절대
성'이(존칭접미사 '—님'이 함축하는 의미와 함께) 깃들어
있음을 느끼게 합니다. 따라서 이 시에는 세속의 부귀영화는
부질없으며 오히려 지상의 고난과 고행과 핍박을 자청함으
로써 후(죽음, 귀향)에 절대자(아버지)에게 보상받는다는 초
월자적 무의식이 담겨 있다고도 할 수 있습니다. 그러한 시
인됨의 모습은 지극히 현실적인 동시에 초월적이라는 점에
서 얼마간 샤먼(shaman)의 성격을 지니고 있습니다. 그러나
다시 주목할 것은, 그 지상-하늘, 고난-귀향이 자아내는 모
든 이미지와 메타포를 '코스모스'라는 한 단어 속에 함축하
는 시적 직관입니다.

그렇게 평생 모진 세월을 사신 고향산천의 아버님(고향을

지키고 계신 '조상님'의 직계 자손인 아버님!)께 감히 도시 '먹물들'의 언어를 구사하지 않고 고향의 토착어와 시인의 고유한 말투로써, 공들여 '여쭙는' 언어적 행위가 곧 시쓰는 일이라고 형은 말하고 있는 듯합니다. 그리고 그런 시쓰기 행위는 마치 연어가 북태평양 먼 바다로의 고단한 유전(流轉) 끝에 죽기 위해 자신의 시원(始原)으로 귀향하는 모습을 떠올리게 합니다. 시원은 허공이자 허구에 불과하지만, 연어는 텅 빈 허구를 향해 강렬한 욕망으로 돌진합니다. 연어에게 귀향은 죽음이지만 동시에 그 죽음은 죽음 너머 무수한 탄생을 의미합니다. 그래서 시쓰는 일이란 죽음의 예감을 곧 탄생의 징조로 바꾸는, 연어의 자기 시원으로의 귀향과도 같은 것입니다. 연어의 귀향의지처럼 형도 대처에서의 그간의 삶에서 귀향하여 늙은 아버지께 '여쭙는' 일종의 고해행위가 곧 시쓰기라고 말하는 듯합니다. 이때 죽음을 예감하는 귀향과 시원의 언어의식이 시의 탄생조건이 됩니다. 시인은 기존 가치체계와 규약으로서의 언어의 죽음을 시어의 조건으로 인정하고 기왕의 언어체계 바깥에서, 야생과 원시의 자연 속에서 새로운 의미들로 태어나는 언어를 내면화합니다. 다시 말해, 오래된 고향의 언어를 내면화한 시인이 도시의 똥과 오물과 욕망, 마침내 패배의 삶을 늙은 아버지께 고하는 '말씀', 그것이 바로 시어라고 형은 말하고 있습니다. 엉킴이 아니라 아픈 좌절을 자신 속에 창조적으로 내면화한 시원의 언어로 노래하는 존재가 시인인 것입니다.

*

　형의 시는 자연과 세속의 가난 속으로 유랑하는 시입니다. 그리고 좌절의 기억과 죽음을 애써 찾아가는 길 위에서 얻은 시입니다. 길 위를 떠돌다 시인의 발길이 문득 머무는 곳은 가령 길가의 코스모스, 허리 꺾인 맨드라미, 죽은이가 머문 자리, 비명에 간 없는 집 종손, 아기의 땟국물 같은 울음, 길가의 스러진 풀꽃 같은 데입니다. 그러나 가난하고 비루하고 죽어가는 것들 속으로의 유랑이 슬프고 고단하기만 한 것이라면 시는 슬픔과 고통, 때론 울분의 매체에 불과할 것입니다. 슬픔의 매개체로서가 아니라 슬픔의 항체로서 형의 시를 지탱하는 힘은 표면적으로는 능청이나 딴청, 청승 같은 시적 형식에서 나옵니다.

　하느님
　가령 이런 시는
　다시 한번 공들여 옮겨적는 것만으로
　새로 시 한 벌 지은 셈 쳐주실 수 없을까요

　다리를 건너는 한 사람이 보이네
　가다가 서서 잠시 먼 산을 보고
　가다가 쉬며 또 그러네

얼마 후 또 한 사람이 다리를 건너네
빠른 걸음으로 지나서 어느새 자취도 없고
그가 지나고 난 다리만 혼자서 허전하게 남아 있네

다리를 빨리 지나가는 사람은 다리를 외롭게 하는 사람이네

라는 시인데
(좋은 시는 얼마든지 있다구요?)
안되겠다면 도리없지요
그렇지만 하느님
너무 빨리 읽고 지나쳐
시를 외롭게는 말아주세요, 모쪼록

—「다리를 외롭게 하는 사람」 부분

'죽'은 대체 어디서 굴러먹던 글자일까
윤중호 석자 뒤엔 아무래도 설다
'ㅈ'이 'ㄱ'에 가닿을 동안
길가엔 어허이 에하 상두소리 울리라는 걸까
산 모양의 저 '죽'자 날망에는
고봉밥처럼 황토 봉분만 외로우란 걸까
(…)
'ㅜ'와 'ㄱ' 사이 어느 고샅에

산동네 자취의 날들 있으리
떠나간 아버지와 삭발하는 여동생 있으리
눈물 훔치며 돌아나오던 옛동네도 숨어 있으리
(…)
기어이 일어나버린 저 '죽'자의 식은 정강이를 붙잡고
감꽃처럼 툭 떨어진 몸 허물 앞에서
어머니는 우시리
그저 우시리

—「윤중호 죽다」 부분

이 시들에 대해, 차마 무슨 주석 무슨 해설을 달 수 있겠습니까? 다만 형의 능청과 청승이 서로 앞을 다투어 어디까지가 슬픔이고 어디까지가 청승이며 능청인지 구분할 수가 없음을 생각할 따름입니다. 쓸쓸하다면 한량없이 쓸쓸하고 눈물겹다면 한없이 눈물겨워 읽는이의 눈앞이 아롱아롱합니다. 그래서 형의 청승은 청순(淸純)의 다른 이름입니다. 시「다리를 외롭게 하는 사람」은 그 명료한 예입니다. 형의 능청 혹은 청승은 비범한 능력이라서 이 또한 형의 시의 특징이 되어 있습니다.

말이 나온 김에 하는 말입니다만, 형의 시와 윤중호의 시 사이엔 친연성이 있습니다. 물론 충청도 언어의식이 공존한다는 사실도 둘 사이의 인연을 뒷받침하지만, 특히 언어의 의미나 통사적 짜임에서 자유로운, 음운의 적극적인 활용을

토대로 한 언어의 화용(話用)에 능란하다는 점에서 서로 닮았습니다. 이는 시에서 발화(發話) 당시의 맥락, 특정한 정황과 체취에 민감한 언어를 구사하는 능력이 비범함을 의미합니다. 형과 윤중호는 자기만의 음운이나 화용을 통해 어떤 개성을 좇는 시인이 아니라, 자기 삶의 뿌리와 민중의 생활언어의 자연성을 한껏 살리는 언어를 구사하는 시인이라는 점에서, 오로지 개인성에 취해 시적 개성을 좇는 시인들과는 다릅니다. 화용의 문법은 발화자의 처지와 개성을 중시하지만, 그만큼 개인주의적 함정에 빠지기 쉽습니다. 그러나 형과 중호의 시는 현실과의 고단한 싸움 속에서 구해진 문법이며, 힘없고 소외된 자들의 삶에 대한 실천적이고 간절한 연대감 속에서 체득한 문법이라는 점에서 단순한 개인주의적 개성의 문법을 훌쩍 뛰어넘습니다. 내가 아는 한 윤중호는 가난을 자기 식으로 수용하여 자기의 소리로써 풀어낼 수 있는 천부적 소리꾼이었고, 그러한 천성과 능력에 더해 자기 삶의 태반인 충청도 영동의 민중정서와 자연풍수를 자기 시의 귀한 자산으로 전환할 줄 아는 드문 시인이었습니다. 이 대목에서 형의 시와 윤중호의 시는 상통합니다. 두 사람 공히 가난한 서민들의 일상을 그윽이 들여다본다거나, 자신의 고향 자연과 인심 속에서 자기 시의 모어(母語)를 발견한 점에서 말입니다. 형의 시 두 편입니다.

　구장집 마누라

방뎅이 커서
다라이만 했지
다라이만 했지

구장집 마누라는
젖퉁도 커서
헌 런닝구 앞이
묏등만 했지
묏등만 했지

그 낮잠 곁에 나도 따라
채송화처럼 눕고 싶었지

―「봄바다」 부분

좌간 우리는 시작과 끝을 분명히 해야 혀 자슥들아 하며
용봉탕집 장사장(51세)이 일단 애국가부터 불러제끼자, 하
이고 우리집서 이렇게 훌륭한 노래 들어보기는 츰이네유
해쌓며 푼수 주모(50세)가 빈 자리 남은 술까지 들고 와 연
신 부어대는 봄밤이다.

―「봄밤」 부분

“방뎅이”와 “다라이만 했지” “젖퉁” “좌간 우리는 시작과
끝을 분명히 해야 혀 자슥들아” “츰이네유 해쌓며” 같은 시

어들은 표준어, 공식어 혹은 지적인 언어가 아니라, 형의 출생과 체질과 지위와 성정을 느끼게 해주는 고유성의 시어이며, 이로써 서민들의 피곤한 일상을 위무하고 다독이며 재미를 주는 민중성의 시어입니다. 그리고 시들고 지쳐 꺼져가는 일상의 욕망에 잠깐 불을 붙이는 관능적인 시어입니다. 그러한 맑은 관능이 숨쉬기에 "그 낮잠 곁에 나도 따라 / 채송화처럼 눕고 싶었지"라는 시구가 이어질 수 있겠지요. 그러고 보니, 형의 시인으로서의 체질은 아마 '방뎅이'와 '다라이' '젖통'이라는 시어에 이미 담겨 있는 듯합니다. 언어의 화용이란 면에서, 세상의 주류와는 어울리지 못하는 방외(方外)적인 체질, 소외된 관능, 그럼에도 불구하고 고단한 삶들을 외면하지 못하고 위무하려는 마음이 함께 담겨 있다는 의미에서입니다. 형의 시에 사투리가 절묘하게 사용되는 점도 비평적 관심을 끕니다. 사투리가 지역성의 언어를 뜻한다는 점에서가 아니라, 말의 감각성과 직접성을 극화함으로써 시적 화자의 현존뿐 아니라 시적 상황의 물질적 현현을 강조한다는 차원에서입니다. 자연언어로서의 사투리가 적절히 구사됨으로써 의미론과 통사론으로 직조된 시문(詩文)을 넘어 삶과 자연이, 시의 정신과 대상이 서로 깊이 조화를 이루는 생생한 정황의 시문으로 옮겨진다는 점이 중요한 것입니다.

　이쯤에서 형의 시는 백석과 이용악, 윤동주, 박용래의 빛나는 시적 전통을 잇고 있다고 해도 무방하겠습니다. 이는 이 시인들의 시어 선택과 구사에서의 공동성을 말합니다만,

그 공통된 특징을 '모어(母語)'라는 개념에 담을 수 있을 듯
합니다. 시인 저마다의 출생조건과 성장환경과 감각적 취향
이 다르지만, 그들은 근대적 언어의식에 눈떴으면서도 '태
초의 언어' '시원의 언어'를 자각하고 그것을 열렬히 추구한
시인들이었습니다. 그들에게 모어는 언어의 태반이자 시원
에의 욕망입니다. '모국어'란 개념이 근대 이후 민족국가의
언어가 태동할 무렵 탈식민의 언어의식과 근대적 기획의 산
물이었다면, 문학언어로서의 '모어'는 탈식민의 언어적 저항
으로서의 모국어를 어쩔 수 없이 인정하면서도, 탈근대 혹은
근대 너머의 언어를 꿈꾸는, 다시 말해 지금-이곳의 삶과 우
주의 새로운 생성과 변화를 꿈꾸는 '영혼의 언어'라고 하겠
습니다. 지리적·시간적으로 그 언어는 모국어를 사용하는
한반도라는 협소한 지역만이 아니라, 멀리 몽골, 만주 또는
동시베리아 등 알타이계의 대자연과 태초의 시간성을 꿈꾸
는 언어입니다. 우리의 상서로운 영성(靈性)이 담긴 시원의
언어, '최초의 언어' 말입니다.

  표현이 아무런 의미도 지시하지 않는 텅 빈 태초의 언어,
그러나 언어와 마음이 만났을 때 의미의 바다를 이루는 언
어. 먼 북방에서 부는 바람같이 비록 시원의 언어의 자리가
텅 빈 공허라 하더라도, 그것을 향한 소망은 생성변화의 기
운으로 태어난 언어, 그 기운으로 하여 수많은 의미들이 함
축된 언어를 낳을 것입니다. 시어 즉 모어란 의미의 사막인
동시에 의미의 바다를 이루는 시적 표현의 언어입니다. 가령

윤동주의 「序詩」 「별 헤는 밤」의 '별' '바람'은 그저 단순한 의미전달용 시어가 아니라 우주의 생성변화 속의 언어, 즉 하늘과 바람과 별과 동격으로 어우러지는 언어임을 보여줍니다. 윤동주의 시어는 북간도의 매서운 밤바람과 별과 같이 변화생성하는 자연 그 자체의 연장이라는 뜻입니다. 그렇다면 과연 무엇이 저 푸른 하늘과 맑은 바람과 빛나는 별을 시어로 변신시켜 마침내 한 편의 시로써 탄생케 하는 것입니까? 또 무엇이 백석의 시어를 인간의 언어이자, 그 너머 자연의 숨결 자체이도록 만드는 것입니까?

　어어 속에서 바람 불고 별 반싹이는 순간이 있을 수 있습니다. 형체도 없는 바람과 별이 한 편의 시로 탄생하는 순간. 이 순간은 언어를 인간적 차원의 의미와 비유 너머, 우주와 삶의 생성변화 속에 갖다놓을 때 가능합니다. 우주와 삶의 생성변화란 무엇이며 그 속의 언어란 무엇입니까?

　　오는 나비이네
　　그 등에 무엇일까
　　몰라 빈 집 마당켠
　　기운 한낮의 외로운 그늘 한 뼘일까
　　아기만 혼자 남아
　　먹다 흘린 밥알과 김칫국물
　　비어져나오는 울음일까
　　나오다 턱에 앞자락에 더께지는

땟국물 같은 울음일까
돌보는 이 없는 대낮을 지고 눈시린 적막 하나 지고
가는데, 대체
어디까지나 가나 나비

그 앞에 고요히
무릎 꿇고 싶은 날들 있었다

—「나비」 전문

근원도 형체도 없는 마음조차 지극(至極)에 이르면 문득
제 그늘을 거느리듯, 무덤덤한 삶의 한 찰나도 은연중에 신
비의 흔적을 남기는가 봅니다. 정녕 그때 시가 태어납니다.
삶의 무위로움이 낳는 시 말입니다. 장자(莊子)의 호접몽(胡
蝶夢)을 떠올리게 하는 이 절묘한 시편은 형의 시관(詩觀)을
엿보게 한다는 점에서 흥미를 더해줍니다. 장주가 자신이 나
비가 되어 날아다니는 꿈을 꾸었는데, 깨어나보니 자신이 꿈
에 나비가 된 것인지 아니면 나비가 꿈에 자신이 된 것인지
도대체 알 수 없었다는 호접몽의 우화. 장자는 말합니다.
"장주와 나비에는 구별이 있다. 이를 물화(物化)라고 한다."
(『장자』「제물편」) 나비와 장주 사이에 본래 있던 구별이 꿈
처럼 사라지는 상태, 죽음과 생이 꿈결같이 서로를 포섭하여
한 죽음은 자기 그늘 속의 생 같고 한 생은 자기 그늘 속의
죽음과도 같다는 것, 이것이 '물화'의 뜻이 아닐는지요. 생의

이면 혹은 예감, 죽음의 이면 혹은 예감이란 이처럼 생성과 변화를 품고 있는 우주적 순환운동의 계기라고 할 것입니다. 그러한 삶과 죽음의 전과정 속에 일어나는 생성변화의 운동은 얼마나 섬세하고 민감한 것인지 마치 '나비'의 날갯짓 같습니다.

"오는 나비이네 / 그 등에 무엇일까". 모든 생과 죽음 사이의 섬세하고 민감한 계면(界面)에 시인의 의식이 닿을 때, 비로소 시어는 탄생의 준비를 하게 되겠지요. 살랑거리며 날아오는 나비를 보고 "기운 한낮의 외로운 그늘 한 뼘일까"라고 적을 때, 시인은 주살이의 계면을 엿본 것입니다. 입 밖으로 순한 감탄이 세어나오는 이런 시를 두고 직관이 사유를 앞서는 시라고 말하는가 봅니다. 나비는 삼라만상의 생성변화 즉 물화의 상징이기에, 대낮의 적막 속의 나비는 여린 생명체인 아기의 "비어져나오는 울음" "땟국물 같은 울음"을 등에 지고 "돌보는 이 없는 대낮을 지고 눈시린 적막 하나 지고" 날아갑니다. 그러므로 세속과 신성을 연결해주는 것도 나비의 등에 얹힌 생과 죽음의 그늘("외로운 그늘 한 뼘")일 것입니다. 가난한 어느 마을의 고즈넉한 대낮 풍경을 보고서 형은 모든 것이 신주(神主)이자 동시에 '몸주'(샤먼의 개념으로)라고 여깁니다. 그러한 우주관이 필시 "내 무한 곁으로 나비나 벌이나 별로 고울 것 없는 버러지들이 무심히 스쳐가기도 할 것인데, / 그 적에 나는 꿈결엔 듯 / 그 작은 목숨들의 더듬이나 날개나 앳된 다리에 실려온 낯익은 냄새가 / 어느 생에선

가 한결 깊어진 그대의 눈빛인 걸 알아보게 되리라 생각한
다"(「풍경의 깊이」)와 같이, 뭇생명에게 지극히 겸허하고 경
건한 시구를 낳게 합니다.

이와같이 나비의 "그 등에 무엇일까"를 찾는 형의 마음자
락엔 생사의 고리가 슬픔으로서가 아닌 겸허히 수락할 만한
조화로서 그려집니다. 형의 표현대로 날아오는 나비의 등에
얹힌 "기운 한낮의 외로운 그늘 한 뼘"이 바로 그 우주의 섭
리가 현현한 신성(神聖)임을 자각했다면 어찌 "그 앞에 고요
히/무릎 꿇고 싶은 날들 있었다"고 고백하지 않을 수 있겠습
니까? 그리고 이때 시어〔母語〕가 탄생합니다. 이 시의 맥락
으로 보아 그 시어는 우주적 삶과 혼이 담긴 "외로운 그늘"
의 언어일 것입니다. 인간의 언어이면서 신령의 언어. 형의
시에 애처롭지만 슬픔에 매몰되지 않는 상서롭고도 평화로
운 기운이 감도는 것도 따지고 보면, 죽음의 그늘 속에서 생
명의 운행과 그 조화로움을 살피는 형의 그윽하고 넉넉한 마
음 덕분일 겁니다. 그런 형의 마음은 이윽고 「꽃」과 같은 속
깊고 아름다운 시를 낳게 됩니다.

모진 비바람에
마침내 꽃이 누웠다

밤내 신열에 떠 있다가
나도 푸석한 얼굴로 일어나

들창을 미느니

살아야지

일어나거라, 꽃아
새끼들 밥 해멕여
학교 보내야지

—「꽃」 전문

「나비」에서 보인 형이상학과 세계관의 한 자락이 이 작품에
이르러 뜻깊은 시적 결실을 얻습니다. 우선 "모진 비바람에
/마침내 꽃이 누웠다"라는 첫구절에서 '꽃'이 의인화된 은유
이며, 순수관념으로서의 '꽃'이란 점에 주목해야 합니다. 이
'꽃'은 코스모스, 목련 따위와는 달리 구체성을 지시하지 않
는 추상적 관념 속의 꽃입니다. 단지 1연에서 그 추상의 꽃
은 '누웠다'라는 자동사를 거느림으로써 얼마간의 생명체적
구체성을 확보하고 있습니다. "꽃이 누웠다"는 객관적인 서
술 뒤에 잠시의 단절과 침묵이 가로놓인 후 2연이 이어집니
다. "밤내 신열에 떠 있다가/나도 푸석한 얼굴로 일어나/들
창을 미느니". 병을 이기려 안간힘을 다해 아침의 맑은 기운
을 방안에 들이려는 '나'의 몸짓입니다. 그리고 문득 더욱 깊
은 난설과 심연을 거느리고 나서 한 행의 독립된 연으로 "살
아야지"라는 짧은 독백이 흘러나오고, 다시 깊은 단절 후 4

131

연에 "일어나거라, 꽃아/새끼들 밥 해멕여/학교 보내야지"
가 이어집니다. 주목할 점은 4연에서 돌연 언어의 감각적 전
환이 이루어진다는 사실입니다. 4연에 이르면 '꽃'은 아연
활기를 띤 구체성의 언어로 변화하면서 1연의 자연성과 추
상성의 옷을 벗어버리고 세속적 인간성과 구체성의 옷으로
갈아입습니다. 이때 '꽃'은 고통을 견디며 살아가는 이 세상
모든 아내의 변신이거나 비유가 될 수 있습니다.

이 시가 지닌 각별한 의미는 1연의 추상성과 일반성의 시
어로서의 '꽃'이 4연에 이르러 일상적인 구체성과 개별성(아
내 혹은 어머니)의 '꽃'으로 자기 현존을 드러낸다는 사실에
있습니다. 이렇게 되는 직접적인 계기는 '시적 언어 혹은 시
적인 것의 화용'인데, 그 뚜렷한 보기가 특히 3연과 4연입니
다. 3연에서 시적 화자의 내면적 발화가 첫번째 계기를 이루
고, 4연의 화용론적 직접화법이 두번째 계기를 이룹니다. 3
연의 내면적 목소리에는 현실과의 힘겨운 싸움이 뒤섞여 있
고, 4연의 사투리의 구체적 개별성과 직접성은 말과 글의 경
계를 지우며 시문을 생생한 육체성의 정황으로 옮기는 절묘
한 화용을 보여줍니다. 사투리와 뒤섞여 시인의 음성의 물질
성이 날것으로 드러나면서 그 소리는 감각과 의식의 직접성
에 호소하게 되고, 우리의 감각(청각과 시각)은 이를 시인의
고유한 현존으로 받아들입니다. 그리고 그 고유성으로서의
말의 현존에 대해 시인의 글(문체)이 반응해 상호영향을 주
는 '시적 과정' 속에서 이 시는 묘한 생명력을 발산합니다.

그러나 엄밀히 말해 이 시에서 '꽃'이 아내의 은유일 근거
를 찾을 수는 없습니다. 특히 1연의 '꽃'은 의미 이전 추상적
표상으로서의 꽃입니다. 은유의 형식을 빌렸지만 그 은유의
원관념은 정해진 바 없이 '꽃'은 가능성으로서 비어 있습니
다. 즉 비유의 명확한 근거도 없이 '꽃'은 마지막 연에 이르
러 아내의 물화임이 추정으로써 제시될 뿐입니다. 밤새 신열
을 앓고 난 어느날 아침 시적 화자가 학교 갈 어린것들을 걱
정하는 데에서 그가 지아비임을 엿볼 수 있기에 꽃을 아내
혹은 어머니로 추정하는 것이지요. 그런데 이 시를 좀더 깊
이 들여다보면 형이 시적 사유의 특성과 마주치게 됩니다.

그 특성이란 1연의 꽃은 추상성의 꽃이지만, 4연의 꽃은
구체와 추상, 감각과 관념, 보편과 고유 같은 대립범주들이
서로 뒤섞여 공생하는 꽃이란 점에 있습니다. 제가 여기서
궁금한 것은 그 대립하는 범주들 간의 경계가 무너지고 뒤섞
이는 이러한 혼종(混種)과 공생이, 형의 시의 경우, 어떠한 시
적 사유의 산물인가 하는 점입니다.

    내 하늘 한켠에 오래 머문다
    새 하나
    떠난다

    힘없이 구부려 모았을
    붉은 발가락들

흰 이마

세상 떠난 이가 남기고 간
단정한 글씨 같다

하늘이 휑뎅그렁 비었구나

뒤축 무너진 헌 구두나 끌고
나는 또 쓸데없이
이 집 저 집 기웃거리며 늙어가겠지

—「때늦은 사랑」 전문

가난한 유랑과 노숙이 시인됨의 조건이다라고 말하는 것은
가혹한 말이지만, 그 유랑과 노숙이 관념적인 귀환과 초월을
거부하고 유보하는 '도상(途上)의 시정신', 참여의 시정신의
귀결이기에 형의 시는 경건하고 대승적입니다. 이 점을 이해
하는 것은 형의 시를 이해하는 데 필수적입니다. 1연의 "내
하늘 한켠에 오래 머물다 / 새 하나 / 떠난다"와 3, 4연의 "휑
뎅그렁" 빈 하늘 아래서 "뒤축 무너진 헌 구두나 끌고 / 나는
또 쓸데없이 / 이 집 저 집 기웃거리며 늙어가겠지"의 두 의미
축 사이에서 형의 유랑의 정신과 감각은 너그럽게 깊어갑니
다. ('너그럽게 깊어간다'는 것은 시인이 많은 의미 혹은 욕
망의 맥락을 감추고 지우고 버리고 있다는 뜻일 것입니다.

이때 형의 시적 특성인 여백 침묵 단절 능청 청승 딴청 등이
나옵니다.) 이 두 시구는 천상으로의 비상을 유보한 채, 누추
한 지상에서 유랑하는 시인의 모습을 보여줍니다. 즉 지상을
떠나지 못하는 시인에게 유랑은 천상의 삶의 유보를 의미하
는 동시에 지상의 삶에의 관심을 의미합니다. 달리 말하면,
한 행의 시구를 한 연으로 독립시켜 그 의미를 강조하고 있
는 3연 "하늘이 휑뎅그렁 비었구나"는, 하늘은 시인에게 관
심의 대상이지만 동시에 자발적 체념의 대상이며, 시인의 지
상에서의 유랑의식이 천상의 삶에 대한 유보를 가져왔음을
보여줍니다. 어쨌든 시인의 노숙이나 유랑의식에는 이 시가
보여주듯 천상과 지상의 중개사로서의 모습이 투영되어 있
습니다. 그러므로 유랑하는 의식 그리고 하늘과 지상을 연결
하는 중개자의 의식은 수평적이면서 동시에 수직적인, 은유
적이면서 동시에 환유적인, 구체적이면서 동시에 추상적인,
육체적이면서 동시에 영혼적인, 몸적이면서 동시에 마음적
인 시정신을 낳게 되는 것 아니겠습니까?

　따라서 형의 시어들은 육체와 영혼, 세속과 초월, 지상과
천상 아울러서 추상과 구체, 고유와 보편, 은유와 화유의 대
립범주들의 경계를 들고나면서 새로운 지시차원을 향해 운
동해가거나, 활발한 물화의 계기 속에 가담함으로써 새로운
생성과 변화의 세계에 놓이게 됩니다. 그러므로 가령, 앞의
시 「꽃」에서 '꽃'이라는 추상성의 시어와 아내라는 리얼리티
사이의 관계는 벽이 있는 듯 없고 없는 듯 있는 관계, 인접

(환유)하여 혹은 은유로써 의미 내용을 주고받는 순환과 역순환의 상호관계에 놓이는 것입니다. 즉 세상의 무궁한 변화의 섭리에, 다시 말해 활물화(活物化)의 생동하는 계면에 시어가 놓이는 것입니다. 아니, 시어 속에 세상의 변화생성의 섭리가, 물화의 계기가 놓이는 것입니다. 아마 어떤 독자들은 이 시의 4연 "일어나거라, 꽃아/아이들 밥 해멕여/학교 보내야지"라는 시구에서 힘겹게 삶을 잇는 세속적 음성과 더불어, 전혀 새로운, 어떤 선인(仙人)의 음성을 느낄지도 모릅니다. 현실과 선(仙)적인 경계를 넘나드는 느낌을 받았다면, 이는 이 시의 시어들이 자연과 인위, 보편과 구체, 교감과 매개 사이의 경계를 허물고 새로운 변화생성의 과정 속에 놓인 언어, 기존의 언어체계나 규약의 바깥에서 의미의 무한한 생성을 기다리는 '최초의 언어', 매순간 생명활동의 지평에 서 있는 언어를 내면화한 까닭입니다. 그렇게 이 시에서는 논리적 매개나 의미에 대한 적극 해명 없이, 꽃과 아내(혹은 어떤 여성성)가 서로 변신을 주고받으며, 꽃이라는 추상의 시어는 현실의 살아있는 연장이거나 인접한 생활이거나 생명체들의 연쇄로서 속성 변화를 일으키고 있습니다. 이 시에서 '꽃'은 관념성과 물질성 혹은 자연성, 추상성과 구체성이 서로 흐르면서 삼투하고 한몸을 이루어 변화하는 시어입니다. 그러한 변화 속에서 괴로운 현실을 딛고 태어난 시어가 지친 삶에 기운생동의 활기를 불어넣고 있는 것입니다. 그러니, 절창이라 할 「나비」에서 보여준 형의 세계인식이

「꽃」에 이르러 시적 감각과 어우러지면서 마침내 볼 만한 경
지에 도달한 셈입니다.

*

헌 신문지 같은 옷가지들 벗기고
눅눅한 요 위에 너를 날것으로 뉘고 내려다본다
생기 잃고 옹이진 손과 발이며
가는 팔다리 갈비뼈 자리들이 지쳐 보이는구나
미안하다
너를 부려 먹이를 얻고
여자를 안아 집을 이루었으나
남은 것은 진땀과 악몽의 길뿐이다
또다시 낯선 땅 후미진 구석에
순한 너를 뉘였으니
어찌하랴
좋던 날도 아주 없지는 않았다만
네 노고의 험한 삶마저 치를 길 아득하나
차라리 이대로 너를 재워둔 채
가만히 떠날까도 싶어 묻는다
어떤가 몸이여

—「노숙」 전문

정수리로 내려치는 우레 같은 시입니다. 많은 의미들이 켜켜이 쌓여 해독을 기다리는 시입니다만, 여기서는 형의 시적 사유의 기반을 이해하는 데 문제의식을 한정하여 이 시를 살펴보고자 합니다. 그 문제의식은 우선 몸과 마음 사이의 관계에 관한 문제이며, 다음으로 시적 화자의 인성(人性)에 관한 것으로 요약할 수 있습니다.

몸과 마음의 관계로써 이 시를 주목하면, 가령 부처께서 열반에 드실 때 마음의 의지처이자 고통의 서식처인 몸을 벗는 장면이 이 시의 유명한 전사(前史)를 이룹니다. 다시 말하여, 이 시는 인생이 고통의 상징인 몸을 떠나 열반에 드는 과정과 순간을 시적 계기로 삼고 있습니다. 여기서 흥미롭게도 마음과 몸의 관계에 대한 형의 사유가 엿보이는데, 그것은 이승을 살아가는 몸의 고통에 대해 말하면서도 몸을 부리는 주인은 '마음'이라는 점, 결국 몸이란 "감꽃처럼 툭 떨어진 몸 허물"(「윤중호 죽다」)에 불과하다고 말하고 있다는 사실입니다. 이 시의 표면만을 읽는다면, 몸이란 마음 가는 대로 따라다니는 마음의 그림자에 가깝습니다. 다분히 유심론적인 사유에 기운 듯한 이 시는 그러나 그 사유가 시적 형상화과정 즉 시적 형식 속에서 여러 의미상의 변주를 거쳐 새로운 의미로 이동해간다는 데에 깊은 묘미가 있습니다. 주목할 점은 시적 과정을 통한 의미의 변주인바, 무엇보다도 그 과정이 시적 화자인 '마음'의 목소리(시어)가 내적 독백 형식이면서 한편 외적 대화의 형식으로서 이루어진다는 것입니다. 즉

1행과 2행의 "내려다본다", 3행과 4행의 "지쳐 보이는구나"
까지는 화자의 내면적 독백 형식이며, "미안하다" "어찌하
랴" "어떤가 몸이여"와 연결된 시어들은 대화체 형식이라
할 수 있습니다.('마음'이 '잠든 '몸'에게 건네는 말투이므로
대화체가 아니라는 지적은 별 의미가 없습니다. "차라리 이
대로 너를 재워둔 채"의 의미론적 해석과는 별도로 발화자
인 '마음'이 사용하는 말투가 '몸'과의 대화 형식이라는 사실
자체가 중요합니다.) 그러니까 이 시의 시어들은 화자인 마
음의 안과 밖으로, 정확히 말하면 안과 밖의 경계에 가까스
로 걸쳐진 채, 안팎을 넘나들고 있습니다. 이러한 독백체와
대화체의 이중적 구성은 형의 시의 한 특징이기도 한데, 이
러한 언어의식에 의해 몸과 마음은 서로 분리된 채 하나를
이루어가는, 미묘하고도 애틋한 상호관계를 점차 강화해갑
니다. 특히 '마음'이 건네는 짧은 탄식의 대화체 "미안하다"
"어찌하랴" 마지막의 "어떤가 몸이여"라는 시구는 독립행
을 이룸으로써 저마다의 의미와 표현을 강조하고 있는바, 대
화체를 통해 마음의 언어는 자신의 바깥 즉 몸으로 흘러나감
으로써, 결국 마음의 언어가 몸의 언어로 옮겨 변성이 이루
어지고 있는 점에 이 시의 형식성의 진경(珍景)이 담겨 있습
니다. 다시 말해, 마음의 독백은 유심론적 성격을 강화하지
만, 마음의 상대는 몸이고 몸에 마음이 깃들어 있으므로 마
음의 대화는 다름아닌 몸의 독백이기도 하며, 결과적으로 몸
(물질)과 마음은 상호대립의 경계를 넘어서고야 맙니다. 마

치 안이 밖이 되고 밖이 안이 되어 서로 안팎의 구별이 있으면서 없고 없으면서 있는 뫼비우스의 띠처럼 말입니다. 그러므로 이 시는 외면적으로는 마음의 주인됨을 이야기하면서도 동시에, 내면적으로는 마음의 몸에의 의지 또는 종속을 이야기하는 특이한 시적 사유와 감각을 보여줍니다. 이 또한 몸과 마음, 주관과 객관, 구체와 추상, 말과 글, 의미, 통사, 음성 그리고 화용의 경계(더 나아가 세속과 신성, 욕망과 영혼의 경계)를 두루 포괄하는 형의 깊고 복합적인 시적 사유를 보여줍니다.

앞서 얘기드렸듯, 마음이 몸과의 이별을 이루기 전까지의 복잡다단한 회포를 담은 일종의 넋두리인 이 시는 또다른 중요한 뜻을 품고 있는데, 그것은 시적 화자를 어떤 인성의 소유자로 볼 것인가 하는 문제입니다. 이 시에서 주목할 지점은 몸으로부터 마음이 자유롭게 이탈한다는 사실입니다. 이는 시적 화자가 세속과 초월 모두에 마음을 자유로이 적응시킬 수 있는 인성의 소유자임을 보여줍니다. 아마 형의 의식의 심연을 보여주는 것일 수도 있는 이러한 시적 화자의 인성은 시집 도처에 암시되거나 그림자처럼 드리워져 있습니다. 「사랑가」가 대표적인 예입니다. 이때의 시적 화자는 「노숙」에서처럼 몸과 마음을 둘이면서 하나로 다룰 줄 아는, 현실과 초월을 넘나드는 인물입니다. 생과 사 즉 죽살이를 넘나드는 샤먼, 곧 박수(博搜)라고나 할까요? (박수는 알타이 지역에서 "많이 아는 사람" 즉 샤먼을 의미하는 바이(baj)

또는 박시(baksi, >박사博士)라는 샤먼의 이름을 어원으로
삼고 있습니다.) 인신(人神)이 아니라 박수라고 표현한 것은
시적 화자에게 천상은 스스로 유보한 세계이기 때문이며,
「사랑가」나 「윤중호 죽다」 「때늦은 사랑」 「마른 쑥대에 부
쳐」 등에서 보듯이 시적 화자는 못먹어 죽거나 고통과 비명
에 죽거나 제 명에 못 죽은 귀신들과 동행하려는 인성의 소
유자이기 때문입니다.

    1

여뀌풀처럼 강가 사랑 꺼렇게 자라고
철 지난 먹감고 푸르동동 소름 돋은 아이들은 한 알 오디
따라오지 마 물귀신 어머니 검푸른 입술 새빨간 치마 입고
따라오지 마
아이들 돌아가 배탈 앓고
고추 내놓고 설사하는 뒷간 후미진 곳에
물귀신 어머니 긴 손톱 눈물 글썽글썽
따라오지 마
우리는 푸르청청 하늘에 별빛 귀신 푸르청청 강변에 여
뀌풀 귀신
푸르청청 강가에서 어머니 젖줄 찾는 사람 시람 사랑귀신

2

애들아 애들아 문 열어라 내가 왔다
차마 못 감은 눈 차마 못 뗀 걸음
무주 허공중에 둥둥둥 떠돌다가 아득한 황천길 목이 메어
에미가 왔다
문 열어라

3

햇빛 보고 자랐소 별빛 먹고 자랐소
산에는 독사풀 강가에 여뀌풀
우리는 다 죽어서 사랑귀신 되었는데
(…)
푸르청청 하늘엔 별빛도 좋아라
가소 어머니
다시는 오지 마소

—「사랑가」 부분

전통적 굿에서 넋굿은 죽은 이를 산 이와 서로 만나게 하고
넋두리를 통해 한풀이를 해주고 명복을 빌며 천도하는 의식
입니다. 시적 화자는 죽은 어머니의 신내림을 받은 몸주〔巫〕
가 되어 망자를 살아 있는 자식들과 만나게 해주고, 서글프

고 서러운 넋두리[공수]를 풀어놓습니다. 이때 이 시는 가슴 저미는 무가(巫歌)이자 무시(巫詩)가 됩니다. 어린 자식을 남기고 죽은 어머니는 이승을 떠나지 못하고 귀신으로 떠돌며 사랑하는 자식들 주위를 하마하마 맴돕니다. "애들아 애들아 문 열어라 내가 왔다/차마 못감은 눈 차마 못 뗀 걸음/무주 허공중에 둥둥둥 떠돌다가 아득한 황천길 목이 메어" 울고 있는 원통한 "에미"를 시적 화자는 황천길로 안내합니다. 그리고 현생의 자식들 곁을 떠나지 못하고 강가의 자식들에게 들러붙은 '에미 귀신'을 "여뀌풀 귀신" "물귀신" "사랑귀신"이라고 부릅니다. 이 대목에도 형의 시적 사유의 특징이 고스란히 담겨 있습니다. 사연계와 초자연계, 인간과 귀신, 세속과 천상, 몸과 마음이 서로 이탈과 공생의 과정을 지속한다는 점이 그러합니다. 물론 전체적으로 초자연과 귀신과 천상은 세속계에서의 유랑의식 때문에 계속하여 유보되고 있습니다만.

이 세속적인 동시에 초월적인, 인간적이면서도 귀신적인 인성이 아마 형의 시심(詩心)의 심연에 존재하는가 봅니다. 그러니 유랑하는 박수로서이 시인은 세속에서의 억울한 삶과 원통한 영혼을 달래주며 시인 스스로 유보한 천상계에로 죽은 영혼의 안내를 자청하는 인물인 것입니다.

*

사인 형!

이제 오래전에 잊혀진, 강제로 잃어버린 먼 전설 같은 이야기를 해야 할 때입니다. 진보·보수를 막론하고 문명과 과학이라는 이름으로, 합리성의 척도로, 불합리와 미신이란 낙인을 찍어 쫓아낸 전설 같은 사람들에 대한 이야기. 무(巫). 샤먼. 이 자리는 샤먼을 구체적으로 말할 자리도 아니고 그럴 처지도 못됩니다만, 역사 속에서 내쫓김을 당한 샤먼의 세계는 그러나 잊혀질 수도 없고 잊혀져서도 안될 우리의 영혼과 문화의 고향이란 점을 분명히 적어두고 싶습니다. 백석은 바로 무, 샤먼의 세계를 깊이 이해하고 그것이 우리 민족어와 문화의 뿌리이며 아름다운 전통임을 표현하려 한 탁월한 시인이었습니다. 그는 「가즈랑집」에서,

승냥이가 새끼를 치는 전에는 쇠메 듦 도적이 났다는 가즈랑고개

(…)

예순이 넘은 아들 없는 가즈랑집 할머니는 중같이 정해서 할머니가 마을을 가면 긴 담뱃대에 독하다는 막써레기를 몇대라도 붙이라고 하며

(…)

나는 돌나물김치에 백설기를 먹으며

144

넷말의 구신집에 있는 듯이
가즈랑집 할머니
내가 날 때 죽은 누이도 날 때
무명필에 이름을 써서 백지 달어서 구신간시렁의 당즈
깨에 넣어 대감님께 수영을 들였다는 가즈랑집 할머니
언제나 병을 앓을 때면
신장님 단련이라고 하는 가즈랑집 할머니
구신의 딸이라고 생각하면 슬퍼졌다

라고 쓰고 있습니다. 이 시는 북빙의 무속이야기를 토착어와
자연어로 쓴 빼어난 시입니다. 백석이 이 시에서 그리려던
것은 단순히 비현실적, 전설적 공간으로서 북방 마을 풍정과
무속이 아닙니다. 일제 강점기에 신식 공부를 한 백석이 사
라져가는 민족정신과 문화의 전통에 대해 안타까워한 것은
분명하지만, 제가 보기에 중요한 것은 그가 샤먼의 전통을
민족정신의 기초로 인식한 주체적 각성의 시인이란 점이며,
이 시는 그런 맥락에서 읽혀야 합니다.

아득한 넷날에 나는 떠났다
부여(扶餘)를 숙신(肅愼)을 발해(勃海)를 여진(女眞)을 요
(遼)를 금(金)을
흥안녕(興安嶺)을 음산(陰山)을 아무우르를 숭가리를
범과 사슴과 너구리를 배반하고

송어와 메기와 개구리를 속이고 나는 떠났다

나는 그때
자작나무와 이깔나무의 슬퍼하든 것을 기억한다
갈대와 장풍의 붙드든 말도 잊지 않었다
오로촌이 멧돌을 잡어 나를 잔치해 보내든 것도
쏠론이 십리길을 따러나와 울든 것도 잊지 않었다

나는 그때
아무 이기지 못할 슬픔도 시름도 없이
다만 게을리 먼 앞대로 떠나 나왔다
그리하여 따사한 햇귀에서 하이얀 옷을 입고 매끄러운
밥을 먹고 단샘을 마시고 낮잠을 잤다
밤에는 먼 개소리에 놀라나고
아침에는 지나가는 사람마다에게 절을 하면서도
나는 나의 부끄러움을 알지 못했다

그동안 돌비는 깨어지고 많은 은금보화는 땅에 묻히고
가마귀도 긴 족보를 이루었는데
이리하야 또 한 아득한 새 녯날이 비롯하는 때
이제는 참으로 이기지 못할 슬픔과 시름에 쫓겨
나는 나의 녯 한울로 땅으로 ― 나의 태반으로 돌아왔으나
―「북방(北方)에서」 부분

백석의 시를 길게 인용한 까닭은 우선 형과 백석의 시적 사유 사이의 내적 연관성을 말하고자 함이며 아울러 샤먼의 문화가 우리 민족(어)정신의 근간을 이룬다는 점을 살피기 위함입니다. 「북방에서」의 '북방'은 단순히 물리적 방위에 그치지 않습니다. '북'은 애초 '뒤쪽'이라는 뜻입니다(北泉洞 =뒷샘골 『용비어천가』, 北草＝뒷풀 『두시언해』 참조). 자연 '남'은 앞쪽이란 뜻입니다. 그러므로 북방은 다른 방위의 지역과 동일한 차원의 지역이 아니라 뒤에서 앞으로의 의식과 삶의 진행방향을 가리키는 것입니다. 이는 고구려 고분벽화의 많은 형상들괴 사신도의 배치원리는 물론 신라·백제 고분의 구조, 풍수 등 고대문화 전반에 반영되어 있을 뿐 아니라 고대 이후 한국문화의 바탕을 이루고 있습니다. 결국 '북방'은 알타이 지역의 문화와 밀접히 관련된 우리 민족문화의 원향(原鄕)을 지칭합니다. 서울·경주를 비롯하여 모든 마을의 주산(主山)이 북쪽에 위치하고 그 앞산으로서 남산(南山)이 위치한다는 점, 불교 사찰에서의 산신각의 배치, 풍수지리의 기본 사유틀에서 '북'〔현무〕이 기준이 된다는 섬, 또한 '북'이 단군신화에 나오는 토템 '곰'과 동의어라는 점 등을 보더라도 무의 세계관이 지배하던 북방은 단지 북쪽을 뜻하는 것이 아니라 우리 민족의 시원이자 사유와 감각의 태반이며 민족어의 원천으로서의 '북방'을 지시합니다. 무가의 넓두리를 살펴보면 북방의 샤먼적, 민족적 의미는 좀더 확연해

집니다. "백두산이 主山이요 한라산이 南山이라 / 두만강이 靑龍되고 압록강이 白虎로다"(「指頭書」) "앞에 압록강 뒤에 뒤로강"(오산 「열두거리 손굿」) 등에서 확인할 수 있듯이, 북쪽(뒤쪽)의 백두산이나 멀리 만주 알타이 지역이 주인(主人)이 자리한 공간이므로, 자연히 남쪽은 삶과 정신의 진행방향인 앞쪽(앞의 시 3연 "먼 앞대로 떠나 나왔다")을 가리킵니다. 따라서 이곳(남쪽)에서의 방위와는 반대로 좌와 우(두만강=좌청룡, 압록강=우백호)가 바뀌는 것입니다.

그러한 민족의 신령한 원향으로서의 '북방'을 오래전에 등진 백석이 북방에 돌아와 깊은 회한과 탄식에 젖어, 민족과 민족문화의 시원으로서 샤먼이 주인으로 살던 '북방'의 상실을 고뇌한 시가 앞의 시입니다. 시인은 고대의 부여·숙신·발해·여진·요가 있던 만주와 몽고, 흥안령산맥 나아가 시베리아의 아무르 숭가리(송화강) 등 북방 알타이 지역을 "배반하고 (…) 나는 떠났다", 그 알타이 지역의 정령신앙과 관련된 동물들인 "범과 사슴과 너구리 (…) 송어와 메기와 개구리를 속이고 나는 떠났다"고 뼈아픈 탄식을 쏟아냅니다. 특히 "개구리를 속이고"에서 백석의 시적 사유는 명백합니다. 동시베리아 지역에서 광범위하게 발견되는 샤머니즘 신화에서 개구리는 한 축을 이루고 있기 때문입니다. 부여의 시조와 관련된 금와왕(金蛙王) 신화나 우리 삼국의 신화들이 모두 개구리 모티브와 연결되어 있지 않습니까. 이 시의 2연에 이르러 백석이 괴롭게 사유한 '북방'은 좀더 구체적으로

148

서술됩니다. "오로촌이 멧돌을 잡어 나를 잔치해 보내든 것도/쏠론이 십리길을 따러나와 울든 것도 잊지 않었다". 고향을 떠나던 시인을 "잔치해 보내든" 오로촌과 "십리길을 따러나와 울든" 쏠론은 한민족이 아니라 샤먼을 믿고 따르던 북방 유목민족인바, 이는 백석이 단순히 민족주의적 사유에 편향되지 않았던 사실을 보여줍니다.

　백석은 그 북방 알타이 지역의 주인인 샤먼의 문화를 깨우치게 되었고, 샤먼 문화의 언어적 맥락을 고민하고 있었던 듯합니다. 백석과 북방 샤먼 사이의 정신적 또는 시적 연관성은 앞으로 깊이 연구될 필요가 있습니다만, 서방의 무지와 문명의 폭력과 쏘비에뜨의 탄압으로 점점 종교로서의 알타이 샤머니즘이 퇴화하고 제종족의 민속문화로 떠밀리고 유배당하던 당시에, 시인 백석은 우리 민족문화가 우리 민족의 것만이 아닌 알타이 지역의 깊고 아름다운 샤먼 문화의 직접적이고 심오한 영향 속에서 성립했음을 자각하였고, 이것이 시적 자각으로 이어져 마침내 예의 백석의 '귀향의 시어' '태초의 시어' 즉 시인 자신의 모어를 얻게 된 사실이 중요합니다. 이렇게 말하는 것은 짐작하시다시피, 백석의 시의 '북방'에 대한 고뇌가 형의 시의 무(巫)적 특성과 내밀히 연결되어 있기 때문입니다. 그리고 그 '북방'이 거의 소멸된 현실 앞에서 형은 반세기도 넘는 옛날의 시인 백석과 같은 목소리로 기박한 탄식을 터뜨립니다.

나의 옛 흙들은 어디로 갔을까

땡볕 아래서도 촉촉하던 그 마당과 길들은 어디로 갔을까

나의 옛 개울은, 따갑게 익던 자갈들은 어디로 갔을까

나의 옛 앞산은, 밤이면 굴러다니던 도깨비불들은 다 어
디로 갔을까

(…)

나의 옛 캄캄한 골방은 어디로 갔을까 캄캄한 할아버지
는, 캄캄한 기침소리와 캄캄한 고리짝은, 다 어디로 흩어
졌을까

나의 옛 나는 어디로 갔을까, 고무신 밖으로 발등이 새
카맣던 어린 나는 어느 거리를 떠돌다 흩어졌을까

—「아무도 모른다」부분

"옛 흙"과 "옛 나"를 잃어버린 '북방'으로 해석한다면 지나
친 것입니까? 그러나 자연과의 친교와 귀향의식, 우주와의
영혼적 조우라는 백석의 '북방적' 사유는 이 시에도 복류하
고 있습니다. 그리고 이 시는 형의 탈현실주의와 반문명관의
단면을 보여줍니다. 이러한 반문명적 사유와 감각과 함께,
지금도 여전히 '서방추수형 근대인 무리'에 의해 억울하게
탄압받고 있는 샤먼의 의식전통이 형의 이번 시집에 이르러
깊은 시적 사유와 형식성으로 재발견된다는 점은 거의 경이
에 가깝습니다. 이는 시사적으로도 매우 중대한 시의식의 발
현입니다.

형! 샤먼의 전통은 거의 소실될 운명에 처해 있습니다. 근대성과 자본주의문화와 새로운 식민문화가 주둔한 이 살풍경의 문명시대를 무슨 수로 되돌릴 수 있겠습니까? 그러나 유독 시와 예술은 사라진 샤먼의 시대를 그리워하고 샤먼의 영성을 찾으려 할 것입니다. 시인과 예술가는 근본적으로 "아무도 핍박해본 적"이 없는 이이며, 그러하기에 인간과 자연을 억압으로부터 해방할 수 있는 이이기 때문입니다. 샤먼의 영성은 인간과 자연에 대한 식민과 폭력이 심화되고 있는 이성의 시대에 충분한 시적, 예술적 응답이 될 수 있습니다. 그러나 답은 주어졌지만, 오래전에 질문이 사라졌습니다.

서구중심주의자인 막스 베버의 추종자들과 같이 샤머니즘을 미숙한 의식이나 전근대적 미신으로 내몰고 말살하려 한 세력들이 있습니다. 그간의 말살도 모자라 지금도 샤머니즘을 개인의식의 미성숙과 사고의 미분화(未分化), 맹목적 신앙 따위의 비정상적 정신상태로 낙인찍은 후 소위 과학과 이성의 이름으로 우리 삶 속의 '샤먼'을 학대하고 있습니다. '이성에 사로잡힌 자'들은 무를 상스럽고 우스꽝스러운 미신으로 내몰거나 자신들의 '이성의 도식' 속에 환원시켰습니다. 자연과 인간, 삶과 죽음, 생자와 사자, 하늘과 땅, 정신과 신령을 함께 고민하던 샤먼의 진실은 그렇게 사라졌습니다. 그러고보니 백석의 시와 형의 시는 참 서러운 것입니다.

글이 구구해지고 말았습니다. 형의 시집을 이렇게 읽어도 되는지 알 길이 없습니다만, 이번 시집에 실린 모든 시편이 저마다의 언어적 고유성과 비상한 언어감각과 신비한 사유의 저력을 보여주고 있다는 점은 확인할 수 있었습니다. 형의 시처럼 자연과 인간, 인간과 인간 사이의 영혼적 교류를 꿈꾸는 시는 "한낮"의 작열하는 물질문명에 "그늘 한 뼘"을 만들어갈 것입니다. 그 '집 없는 박수'의 꿈을 이루어가는 첫자리가 바로 시입니다. 더 무슨 말을 잇겠습니까?

오랜만에 귀한 시집이 세상에 나오니, 고맙고, 축하합니다.

2006년 봄
홍매(紅梅)의 그늘 속
임우기 올림

■

시인의 말

입은 은혜들 산같이 무겁고 끼친 폐는 처처에 즐비하다.

감사니 미안이니 하는 말들은 헛된 수사일 뿐이다.

이 시집이 그 유구무언의 마음 부근에서 올리는 낯없는 절한 자리쯤일 수 있기를 외람뇌이 바란다.

다음 세상으로 옮겨가신 아름다운 이들께도 한차례 곡하고 잔 올린다.

시쓰기는 생을 연금(鍊金)하는, 영혼을 단련하는 오래고 유력한 형식이라고 믿고 있다.

금욕과 고행이 수반되지 않으면 보람을 이룰 수 없다.

그런 까닭에 이 몇해의 안팎의 소강(小康)이 마냥 편치만은 않다.

부지하세월의 태만을 그나마 당겨 면하는 것은, 조금은 떳떳한 선생 노릇이 되고 싶어했던 덕분일 것이다. 제자들에게 감사해야 한다.

부실한 필자를 오래도 견뎌준 창비사와, 성근 시들을 기꺼이 읽어준 비평가 임우기에게도 감사한다.

군말이 길다. 시 뒤편 어둑한 골방으로 서둘러 돌아갈 일이다.

2006년 봄날
김사인 삼가 적음

*부기: 고(故) 신동엽 시인 그늘에서 2년을 기약하고 입었던 은혜를 19년 만에야 갚으니 무안하다. 또 직장인 동덕여자대학교는 지난해 교내연구비를 쪼개어 지원을 베풀었다. 불가불 감사하다.

창비시선 262

가만히 좋아하는

초판 1쇄 발행 / 2006년 4월 26일
초판 31쇄 발행 / 2025년 5월 12일

지은이 / 김사인
펴낸이 / 염종선
책임편집 / 김정혜
펴낸곳 / (주)창비
등록 / 1986년 8월 5일 제85호
주소 / 10881 경기도 파주시 회동길 184
전화 / 031-955-3333
팩시밀리 / 영업 031-955-3399 편집 031-955-3400
홈페이지 / www.changbi.com
전자우편 / lit@changbi.com

ⓒ 김사인 2006
ISBN 978-89-364-2262-2 03810